Tsugumi

Banana Yoshimoto

Tsugumi

Tradução

Lica Hashimoto

3ª edição

Estação Liberdade

Título original: *Tugumi* / つぐみ
Copyright © 1989 by Banana Yoshimoto
Edição original japonesa publicada por Chuokoron - Shinsha, Inc., Japão
Direitos da edição em português acordados com Banana Yoshimoto por intermédio de Zipango, S.L.
© Editora Estação Liberdade, 2015, para esta tradução

Revisão Cecília Floresta
Editor de arte Miguel Simon
Editor assistente Fábio Fujita
Editores Angel Bojadsen e Edilberto F. Verza

CIP-BRASIL. CATALOGAÇÃO-NA-FONTE
SINDICATO NACIONAL DOS EDITORES DE LIVROS, RJ

Y63t

Yoshimoto, Banana, 1964--
Tsugumi / Banana Yoshimoto ; tradução Lica Hashimoto. - 1. ed. - São Paulo : Estação Liberdade, 2015.
184 p. ; 21 cm.

Tradução de: Tugumi
ISBN 978-85-7448-256-9

1. Romance japonês. I. Hashimoto, Lica. II. Título.

15-23798
CDD: 895.63
CDU: 821.521-3

17/06/2015   22/06/2015

Todos os direitos reservados à Editora Estação Liberdade. Nenhuma parte da obra pode ser reproduzida, adaptada, multiplicada ou divulgada de nenhuma forma (em particular por meios de reprografia ou processos digitais) sem autorização expressa da editora, e em virtude da legislação em vigor.

Esta publicação segue as normas do Acordo Ortográfico da Língua Portuguesa, Decreto nº 6.583, de 29 de setembro de 2008.

EDITORA ESTAÇÃO LIBERDADE LTDA.
Rua Dona Elisa, 116 | Barra Funda
01155-030 São Paulo – SP | Tel.: (11) 3660 3180
www.estacaoliberdade.com.br

つぐみ

Sumário

Caixa de correio assombrada	11
A primavera e as irmãs Yamamoto	25
Vida	39
Forasteira	53
Graças à noite	67
Revelação	81
Nadar com o pai	95
Festival	109
Raiva	123
Buraco	135
Presença	151
A carta de Tsugumi	165
Posfácio da autora	179
Epílogo desta edição	181

Caixa de correio assombrada

Sem dúvida, Tsugumi era uma garota desagradável. Deixei minha tranquila cidade natal — conhecida pela pesca e pelo turismo — para cursar uma universidade em Tóquio. A vida na capital também tem sido muito divertida. Eu me chamo Maria Shirakawa. Em homenagem à Santa Virgem. Apesar do nome, estou longe de ser uma santa, mas, não sei por que, das novas amizades que fiz ao chegar aqui, ouvi que sou uma pessoa generosa e serena. O que sou na verdade é um ser humano de carne e osso, e do tipo pavio curto. Mas devo admitir que fico intrigada com certas atitudes das pessoas daqui de Tóquio como, por exemplo, a mania de se irritar por qualquer coisa: porque choveu; por cancelarem a aula; ou porque o cachorro urinou fora do lugar. Nesse sentido, minha atitude é um pouco diferente. Quando alguma coisa me deixa irritada, no instante seguinte o ímpeto da raiva se dissipa como que sugado pelas areias do refluxo das ondas... Até então, para mim era cômodo atribuir esse meu jeito tranquilo de ser ao fato de ter sido criada numa cidade do interior. Mas, outro dia, quando um professor antipático recusou-se a aceitar meu trabalho alegando que eu cheguei um minuto atrasada, voltei bufando de raiva para casa e, no trajeto, ao fitar o pôr do sol, sem querer percebi que havia outra razão em ser assim. "Era culpa de Tsugumi, ou melhor, era graças a ela." Todo mundo está sujeito a sentir um rompante de raiva ao menos uma vez ao dia. Quando isso acontecia comigo, constatei que, lá no íntimo, eu pensava "isso não é nada comparado com o que Tsugumi me aprontou", e repetia essa frase como a entoar um mantra. Naquela época em que convivi com ela, devo ter aprendido, ainda que intuitivamente, que a raiva é um sentimento que não leva a lugar algum. Ao fitar o céu alaranjado na iminência do anoitecer, senti uma ligeira vontade de chorar.

Isso porque ocorreu-me que o amor é um sentimento ilimitado e inesgotável que podemos doar à vontade, como a água canalizada distribuída pela rede de abastecimento do Japão.

Esta história é o fruto das lembranças de minhas últimas férias de verão na cidade litorânea de minha juventude. As pessoas da Pousada Yamamoto que aparecem aqui já se mudaram para outra cidade e, por isso, creio que nunca mais teremos a oportunidade de conviver novamente. Sendo assim, só existe um único lugar para onde meu coração retorna: aqueles tempos de convívio com Tsugumi.

Tsugumi nasceu com a saúde bastante debilitada e com vários de seus órgãos seriamente comprometidos. Os médicos declararam que sua expectativa de vida era baixa e a família, de certo modo, estava conformada com a situação.

Por isso, todos que gravitavam em torno dela mimavam-na em excesso, e sua mãe jamais mediu esforços para aumentar a expectativa de vida da filha, levando-a a vários hospitais espalhados pelo Japão. Quando Tsugumi começou a dar os primeiros passos, todos esses mimos e cuidados transformaram-na em uma pessoa extremamente hostil. E, quando passou a ter uma vida quase normal, o fato de se sentir bem estimulou e potencializou a plena manifestação de uma tirânica prepotência que se tornou um atributo de sua personalidade. Tsugumi era cruel, ríspida, boca suja, egoísta, mimada e ardilosa. O ar de triunfo que ela exibia, quando descaradamente — no momento oportuno e de modo desagradável — resolvia jogar na cara, sem papas na língua, a pior coisa que a pessoa gostaria de ouvir, fazia dela o próprio demônio.

Minha mãe e eu morávamos numa edícula construída nos fundos da Pousada Yamamoto, onde Tsugumi vivia.

Meu pai residia em Tóquio e, para se casar oficialmente com minha mãe, enfrentava problemas para se divorciar de sua ex-mulher, de quem estava separado havia algum tempo. Mas, apesar do sacrifício que meu pai fazia ao se deslocar inúmeras vezes de uma cidade para outra, o casal em si não parecia se aborrecer com isso, pois acalentava o sonho de um dia formar uma família, para que nós três vivêssemos juntos em Tóquio. E, a despeito de sua situação ser um tanto quanto complexa, posso dizer que tive uma infância e uma juventude tranquilas como filha única de um casal que se ama.

Yamamoto era o sobrenome do marido da tia Massako, irmã mais nova de minha mãe, e mamãe trabalhava ajudando-a na cozinha da pousada. A família Yamamoto era constituída por quatro membros: tio Tadashi, que administrava a pousada, tia Massako e as duas filhas do casal: Yoko, a mais velha, e Tsugumi, a caçula.

Creio que as três principais vítimas do terrível gênio de Tsugumi eram tia Massako, Yoko e eu. Tio Tadashi simplesmente evitava se aproximar dela. Sei que é presunçoso me incluir nessa lista, sobretudo porque tia Massako e Yoko cuidavam de Tsugumi e, ainda assim, desenvolveram um espírito de bondade de tamanha magnitude que as tornavam dignas do reino celestial.

Em termos de idade, Yoko era um ano mais velha que eu, e eu, um ano mais velha que Tsugumi. Mas jamais considerei Tsugumi como sendo mais nova do que eu. Tenho a sensação de que ela sempre foi a mesma desde pequenininha, com a maldade se desenvolvendo ao longo de seu crescimento.

Quando Tsugumi adoecia e passava a maior parte do tempo acamada, ela se tornava ainda mais agressiva. Com o intuito de oferecer um local tranquilo para repouso, deram-lhe um cômodo no segundo andar da pousada. Um lindo quarto de casal com uma janela que descortinava a melhor vista panorâmica do mar. Um mar belíssimo que, durante o dia, refletia a luz do sol; em dias de chuva, turvava-se agitado ao sabor das ondas turbulentas e, durante a noite, fazia tremeluzir os pontinhos de luz dos barcos de pesca de lula.

Por ser saudável, não consigo imaginar a frustração de quem convive com a angústia de estar entre a vida e a morte. Mas, se tivesse que ficar um longo tempo acamada naquele quarto, eu me sentiria abençoada em poder contemplar o mar e sentir o cheiro da maresia. No entanto, Tsugumi parecia não valorizar esse privilégio. Ela rasgava as cortinas, fechava as janelas, emborcava a tigela de arroz, jogava todos os livros da estante sobre o tatame, de modo que durante o ano seu quarto parecia o cenário do filme *O exorcista*; uma situação que deixava sua bondosa família consternada e ressentida. Houve uma época em que ela se interessou por magia negra e, sob a autodenominação de "espírito familiar", começou a criar no quarto uma grande quantidade de lesmas, rãs e caranguejos (comuns na região), chegando ao cúmulo de escondê-los nos quartos dos hóspedes. Essa atitude, que gerou inúmeras reclamações, fez minha tia, Yoko e até meu tio chorarem de tristeza.

Mas, mesmo aprontando, Tsugumi praguejava, esboçando um sorriso sarcástico:

— Se eu morrer esta noite, vocês vão sentir um baita remorso. Parem com essa choradeira! — o seu sorriso era estranhamente parecido com o da divindade Maitreya.

De fato, Tsugumi era bela.

Seus cabelos eram negros e longos; a sua pele era alva, quase translúcida; e os olhos, com as pálpebras sem dobras, eram grandes, muito grandes e repletos de longos cílios que delineavam um leve sombreado quando ela olhava para baixo. Os braços finos eram marcados por veias visíveis e suas pernas eram esbeltas e compridas. Ela era do tipo mignon e, de tão graciosa, parecia uma linda bonequinha criada por Deus.

Desde o primário, Tsugumi costumava iludir os meninos da escola para depois se aproximar deles e convidá-los a caminhar na praia. Ela mudava de parceiro a torto e a direito e, numa cidade pequena, era inevitável que boatos surgissem a respeito, mas, em geral, as pessoas eram coniventes em admitir a impossibilidade de os meninos resistirem aos seus encantos, doçura e beleza. Isso porque Tsugumi conseguia sustentar uma *imagem* completamente diferente da pessoa que era de fato. Ainda bem que ela não seduzia os hóspedes, pois, caso contrário, ela seria bem capaz de transformar a pousada num lugar promíscuo.

Ao anoitecer, Tsugumi e o garoto com quem estivesse saindo caminhavam no alto quebra-mar que circundava a praia, de onde se avistava a baía que gradativamente escurecia. No céu de fim de tarde, os pássaros voavam baixo e as ondas cintilantes murmuravam avançando calmamente em direção à orla. A praia era como um imenso deserto de areias brancas onde apenas um cachorro corria de um lado para outro; e, no mar, inúmeros barcos velejavam ao sabor dos ventos. Ao longe, anuviavam-se os contornos das ilhas, e as nuvens avermelhadas, um tanto reluzentes, deitavam-se no leito do além-mar.

Tsugumi caminhava lentamente, muito lentamente.

O garoto, preocupado, estendia-lhe a mão. Ela permanecia cabisbaixa e, estendendo também a sua mão delicada, segurava a dele. E lentamente erguia o rosto e sorria. A luz do pôr do sol iluminava suas bochechas que esboçavam um sorriso tão efêmero quanto a fugacidade com que o deslumbrante céu noturno pouco a pouco alterava a sua coloração. Os dentes alvos, o pescoço fino, os olhos grandes que o fitavam em silêncio, enfim, tudo parecia estar prestes a desaparecer a qualquer momento mesclando-se à areia, aos ventos e ao barulho das ondas. E, no caso de Tsugumi, isso era algo realmente plausível de acontecer.

A saia branca de Tsugumi balançava ao sabor da brisa.

Ainda que eu fale mal dela — indignada com sua capacidade de se transformar em outra pessoa —, toda vez que eu presenciava essa cena, não sei por que, sentia vontade de chorar. Digamos que, mesmo conhecendo a sua verdadeira personalidade, aquela cena me provocava uma dor que atingia todo o meu ser, a ponto de sentir meu coração abalado de tanta tristeza.

* * *

Foi após um certo incidente que eu e Tsugumi nos tornamos amigas de verdade. Isso não significa que não fôssemos amigas desde crianças. Contanto que a pessoa fosse capaz de suportar suas maldades e tolerar sua língua afiada, era divertido brincar com ela. Em sua imaginação, aquela pequena cidade pesqueira era um mundo sem fronteiras e cada grãozinho de areia era uma partícula que abrigava um mistério. Ela era inteligente e estudiosa e, apesar de serem frequentes as faltas por motivo de doença, suas notas eram excelentes. Também lia com voracidade livros de diversos gêneros, de modo que seus conhecimentos eram vastos e profundos. Convenhamos que se ela não fosse tão inteligente, não seria capaz de maquinar tantas maldades.

Nos primeiros anos da escola primária, gostávamos de brincar de "caixa do correio assombrada". Havia um abrigo meteorológico[1] desativado no jardim dos fundos da escola, situado no sopé da montanha e, para nós, aquela caixa era o elo com o mundo espiritual, um local para receber as cartas do além. Durante o dia, recortávamos fotos e histórias horri-

---

1 Segundo o Laboratório de Climatologia e Análise Ambiental (LabCAA), o abrigo meteorológico possui uma altura padrão de 1,5 metro e é construído por ripas de madeira branca que permitem uma ventilação natural e ao mesmo tempo criam condições de sombra aos equipamentos. Alguns instrumentos são contidos no seu interior, como os termômetros convencionais, os termômetros de máxima e mínima, o aparelho registrador (termo-higrômetro), o evaporímetro e o psicrômetro. [N.T.]

pilantes de revistas e colocávamos nessa caixa e, de madrugada, voltávamos para buscá-las. Se, durante o dia, aquele local era como outro qualquer, voltar para lá na calada da noite nos aterrorizava, mas gostávamos de sentir aquele friozinho na espinha. Porém, com o tempo, essa brincadeira foi perdendo a graça e, diante de inúmeras outras, caiu no esquecimento.

No ginásio, entrei para o time de basquete e, como os treinos eram puxados, não sobrava muito tempo para dar atenção a Tsugumi. Quando eu chegava em casa, logo dormia ou tinha que me dedicar aos deveres e, por essas e outras, Tsugumi passou a ser apenas "uma prima que mora ao lado". Foi nessa época que houve o incidente. Se não me engano, aconteceu nas férias de primavera da segunda série do ginásio.

Naquela noite, caía uma chuva fina e eu estava enfurnada no quarto. A chuva numa cidade litorânea traz consigo o cheiro do mar. Cercada pelo barulho da chuva noturna, sentia-me profundamente deprimida. Fazia pouco tempo que meu avô falecera. Eu morei na casa dos meus avós até os cinco anos e, por isso, era muito apegada a ele. Tanto que, mesmo após eu e minha mãe nos mudarmos para a Pousada Yamamoto, costumávamos visitá-los com frequência e mantínhamos correspondência. Naquele dia, faltei ao treino de basquete e, sem ânimo para fazer nada, estava sentada e encostada na cabeceira da cama com os olhos inchados de tanto chorar. Minha mãe disse do corredor, sem abrir a porta corrediça, que Tsugumi estava ao telefone, mas pedi para ela dizer que eu não estava em casa. Estava sem disposição de falar com ela. Minha mãe conhecia muito bem o gênio de Tsugumi e, por isso, foi embora, concordando com minha decisão. Depois, sentei-me no chão e, ao cochilar enquanto folheava uma revista, escutei o barulho de chinelos se aproximando com passos resolutos. Mal levantei o rosto, a porta se abriu e lá estava Tsugumi em pé, toda ensopada. Com a respiração ofegante e vestindo uma capa que pingava gotas de chuva transparentes sobre o tatame, ela disse, num tom de voz baixo e com os olhos arregalados:

— Maria.

— O que foi?

Em estado de sonolência, notei que ela estava assustada e apreensiva. E, de modo enfático e categórico, ela disse:

— Vamos, acorde! É sério. Veja isto — e entregou-me uma folha de papel que tirou com cuidado do bolso da capa, como se fosse algo muito importante. Apesar de achar que aquilo tudo era um tremendo de um exagero, estendi o braço como quem não quer nada, mas, no instante que vi o papel, de repente me senti empurrada para o centro dos holofotes.

A caligrafia cursiva e os traços vigorosos escritos em pincel eram, sem dúvida, de meu saudoso avô. Era uma carta com as mesmas palavras iniciais que ele costumava escrever:

Para Maria, meu tesouro.
Adeus.
Cuide bem de sua avó, de seu pai e de sua mãe.
Torne-se uma mulher maravilhosa, digna de merecer o nome da Santa Virgem.

Ryuzo

Levei um susto e, de súbito, senti uma intensa comoção ao recordar a imagem do meu avô sentado de frente à escrivaninha com a postura ereta. No calor da emoção, indaguei:

— O que aconteceu? Onde foi que você conseguiu isso? Tsugumi fitou-me em silêncio com uma expressão séria e, com os lábios vermelhos e tremulantes, respondeu como a entoar uma oração:

— Achei a carta na "caixa de correio assombrada". Dá para acreditar?

— Como é que é?

De repente, lembrei-me do abrigo meteorológico do qual havia me esquecido por completo. Tsugumi prosseguiu falando baixinho como a sussurrar:

— Eu entendo dessas coisas porque estou bem mais perto da morte do que vocês. Há pouco, eu estava dormindo e o vovô apareceu no meu sonho. Mesmo depois de acordar, algo me incomodava, pois, no sonho, ele parecia querer dizer alguma coisa. Antigamente, ganhava muitos presentes dele e tenho uma dívida de gratidão. Você também apareceu no sonho, mas o vovô já havia conversado com você. Afinal, ele te amava muito, não é? Foi então que, de repente, me surgiu a ideia de ir até a caixa de correio. E não é que... Por acaso, você lhe contou sobre a caixa?

— Não — disse, balançando a cabeça. — Acho que não.

— Então... Confesso que estou com medo! — exclamou Tsugumi para, em seguida, prosseguir em tom grave: — Aquilo se tornou uma "caixa de correio assombrada" de verdade.

Tsugumi entrelaçou as mãos com firmeza na altura do peito e, de olhos fechados, parecia recordar o momento em que saiu correndo até a caixa de correio embaixo da chuva. O barulho das gotas reverberava com placidez na escuridão e, tragada pela noite de Tsugumi, senti a realidade se distanciando rapidamente de mim. Tudo que até então havia acontecido, a vida, a morte, foi pouco a pouco tragado por um redemoinho misterioso e transportado para outra realidade em sereno e inquietante silêncio.

— Maria, o que vamos fazer? — Tsugumi estava pálida e, sem tirar os olhos de mim, indagou baixinho e relutante.

— De qualquer modo — respondi com um tom de voz enérgico —, não fale disso com ninguém. Agora é melhor você voltar para casa, se aquecer e tratar de dormir. Apesar de estarmos na primavera, por causa da chuva você pode ficar com febre. Troque logo de roupa. Sobre o que aconteceu hoje, conversaremos com calma amanhã.

Tsugumi estava estranhamente meiga, como que vencida pela grandeza do fato.

— Está bem. Farei isso — Tsugumi se levantou sem ânimo e se despediu: — Estou indo.

Quando ela estava para deixar o quarto, agradeci:

— Tsugumi, obrigada.

— De nada — respondeu ela e, sem se voltar, foi embora deixando a porta aberta.

Fiquei sentada no chão relendo a carta inúmeras vezes. Gotas de lágrimas pingavam no tapete. Um doce sentimento angelical preencheu meu coração como naquela manhã em que meu avô me acordou dizendo: "Olha só o que você ganhou do Papai Noel", e notei que havia um presente na cabeceira da cama. Cada vez que relia a carta, mais eu chorava e, debruçada sobre ela, deixei-me esvair em prantos.

Dizem que a gente só acredita no que quer.

Confesso que cheguei a desconfiar dessa história. Tsugumi tinha participação, afinal. Mas aquela caligrafia belíssima, os traços precisos... A saudação inicial que somente eu e meu avô haveríamos de saber: "Meu tesouro." Ensopada com a chuva, Tsugumi olhava-me com uma intensidade que, combinada ao tom de sua voz, me desconcertou. E falava com um semblante sério coisas que só dizia como piada. "Estou muito mais perto da morte do que vocês..." Ah! Eu caí como um patinho! No dia seguinte, matei a charada.

Com o intuito de saber mais detalhes sobre a carta, lá pelo meio-dia fui procurá-la, mas ela não estava. Fui para o quarto dela no andar de cima e, enquanto aguardava seu retorno, Yoko, sua irmã mais velha, ofereceu-me uma xícara de chá e disse:

— Tsugumi está no hospital — sua voz soou triste.

Yoko era baixa e rechonchuda. O seu jeito de falar era sempre calmo, como se cantarolasse. Por mais que Tsugumi a fizesse de gato e sapato, sua única reação era expressar uma serena e resignada tristeza, e só em casos extremos dava broncas na irmã. Yoko é aquele tipo de pessoa que me faz parecer pequena, só de ficar a seu lado. Tsugumi costumava debochar dela dizendo "aquela molenga não pode ser minha irmã" e caía na risada, mas eu sempre gostei de Yoko e nutria um grande respeito por ela. Isso porque, apesar de ser impossível conviver com Tsugumi sem maldizê-la, Yoko estava sempre alegre e sorridente, razão pela qual eu a considerava um anjo.

— Ela está mal? — indaguei preocupada, presumindo que o motivo de Tsugumi adoecer teria sido o fato de ela ter se molhado na chuva.

— Não exatamente. É que esses dias ela estava compenetrada escrevendo alguma coisa e a febre...

— Como assim? — indaguei. Ao seguir o olhar de Yoko em direção à estante sobre a mesa de Tsugumi, notei que havia um "caderno de exercícios de caligrafia semicursiva", além de várias folhas de papel, tinta em bastão, recipiente para diluir a tinta, pincel fino de caligrafia e uma carta do meu avô, que ela descaradamente ousara roubar do meu quarto. Mais do que irada, senti-me indignada.

"Como ela teve coragem de fazer isso?", pensei. Eu não conseguia entender para que nem o porquê dessa ideia fixa de realizar tamanha proeza partindo do zero, já que ela mal sabia usar o pincel. Do quarto iluminado pela luz primaveril, contemplei o brilho tênue do mar através da janela e permaneci atônita, absorta em pensamentos. Quando Yoko quis saber o que aconteceu, Tsugumi voltou.

Ela estava corada de febre e, apoiando-se na tia Massako, entrou no quarto com os passos cambaleantes. Assim que me viu, estampou um sorriso maroto e disse:

— Você já descobriu?

Naquele instante, corei de raiva e humilhação. Levantei-me resoluta e empurrei-a com toda a força.

— Ma... Maria — disse Yoko, assustada com minha reação intempestiva.

Ao cair, Tsugumi derrubou a porta corrediça e bateu o corpo com violência contra a parede.

— Maria, Tsugumi acabou de... — antes de minha tia terminar a frase, balancei a cabeça e, em prantos, retruquei:

— Por favor, não diga nada — e encarei Tsugumi com severidade. Minha raiva era tanta que a deixou muda. Até então, nunca ninguém a havia empurrado.

— Se você tem tempo de sobra para fazer essa porcaria — disse atirando o "caderno de exercícios de caligrafia semicursiva" sobre o tatame —, é melhor que morra logo. Não estou nem aí se você morrer.

Naquele instante, ela percebeu que, se não fizesse algo, eu romperia para sempre as relações com ela e, de fato, era essa a minha intenção. Caída no chão, ela fitou os meus olhos com o seu olhar límpido e sussurrou uma frase que, até então, durante toda a sua vida, independentemente de quando e do que tenha acontecido, ela jamais pronunciaria ainda que lhe rasgassem a boca:

— Maria, me desculpe.

Além de minha tia e de Yoko, creio que eu fui a que mais se surpreendeu com aquelas palavras. Nós três permanecemos em silêncio, boquiabertas. Jamais poderíamos imaginar que, um dia, Tsugumi fosse pedir desculpas... Envoltas pela luminosidade que incidia no quarto, permanecemos como que petrificadas. O único som audível era o do longínquo vento soprando pela cidade vespertina.

— Hi, hi, hi — Tsugumi rompeu o silêncio soltando um riso até então contido. — Como é que você foi cair nessa hein, Maria? — zombou Tsugumi, curvando o corpo de tanto rir. — Cadê o seu bom senso? Está na cara que um morto não teria como escrever uma carta. Que idiota! Ha, ha, ha!

Tsugumi rolava no chão segurando a barriga, rindo sem parar.

As gargalhadas me contagiaram, eu comecei a rir e, com o rosto corado, disse:

— Eu me rendo.

Tia Massako e Yoko nos olhavam sem entender o que se passava e, quando contamos para elas o que aconteceu naquela noite chuvosa, uma onda de gargalhadas se estendeu por horas a fio.

E foi a partir desse dia que, bem ou mal, eu e Tsugumi nos tornamos amigas de verdade.

A primavera e as irmãs Yamamoto

Foi no início da primavera desse ano que meu pai conseguiu oficializar o divórcio com sua ex-mulher e chamou minha mãe e eu para morarmos com ele em Tóquio. Como eu também havia prestado vestibular numa faculdade de lá, o período em que aguardávamos notícias de meu pai coincidiu com o da divulgação da lista de aprovados, de modo que tanto minha mãe quanto eu estávamos bastante sensíveis ao toque do telefone. E justamente nesse clima de expectativa é que Tsugumi fazia questão de telefonar a torto e a direito só para torrar a paciência com perguntas do tipo: "Oi, só queria saber se está tudo bem", ou para me azucrinar: "E aí, levou bomba?" Mas como naquela época eu e minha mãe estávamos como que flutuando sobre as nuvens, toda vez que ela nos telefonava, nós a atendíamos com simpatia e bom humor. "Ah, é você Tsugumi?... Ok. Então, até mais. Tchauzinho!"

Naquela época, tanto minha mãe quanto eu estávamos animadas com a ideia de que em breve mudaríamos para Tóquio. Era, portanto, como se entrássemos num período de degelo em nossas vidas, após a nevasca.

Minha mãe aguardou esse dia por muitos e muitos anos. Durante essa longa espera, ela sempre trabalhou na pousada

Yamamoto demonstrando prazer e alegria em realizar as suas tarefas, a ponto de não manifestar sinais de sofrimento com a situação. Mas acho que foi justamente esse seu comportamento que a ajudou a minimizar a dor; além disso, arrisco dizer que o fato de ela ser alegre foi um estímulo para que meu pai não desistisse dela e continuasse a visitá-la com frequência. Minha mãe não era exatamente uma pessoa de personalidade forte, mas creio que de forma inconsciente a vida lhe ensinou a desenvolver a sua força interior. De vez em quando, eu a escutava desabafar com tia Massako, mas seu jeito leve e sorridente de conduzir a conversa, ainda que o assunto fosse grave, nunca se transformava no muro das lamentações. Por isso, apesar de tia Massako sorrir e concordar, a impressão era a de que minha tia apenas reagia dessa maneira por não saber o que responder. Mas é preciso considerar que, por mais que as pessoas de seu convívio lhe tratassem bem, isso não mudava o fato de minha mãe ser a amante, a parasita da família de minha tia, e as perspectivas de seu futuro não eram promissoras. Creio que não foram poucas as vezes que, no íntimo, minha mãe sentiu uma imensa vontade de chorar, cansada de esperar e por estar insegura diante dessa situação. De certa forma, eu conseguia entender o que ela sentia e, por isso, passei minha adolescência sem vivenciar a fase de rebeldia.

 E devo admitir que, enquanto aguardávamos meu pai, aprendi muitas coisas vivendo com minha mãe naquela cidade litorânea.

 O calor aumentava a cada dia com a iminência da primavera e, ao pensar que em breve estaríamos de partida, as singelas cenas do cotidiano passaram a ter uma luminosidade singular que me apertava o coração: o velho corredor da Pousada Yamamoto, a luz do letreiro que atraía os insetos ao anoitecer, as montanhas que se descortinavam por detrás dos varais de roupa nos quais as aranhas teciam com avidez suas teias...

Dias antes de partir, fui passear na praia com Poti, um akita que tinha esse nome bem comum e que pertencia ao senhor Tanaka, um vizinho que morava numa casa atrás da pousada. Em dias ensolarados, o mar da manhã possuía um brilho especial. Ao contemplar as ondas luminosas e gélidas em seu cíclico movimento de encontro à praia, sentia-me diante do sagrado, a ponto de me fazer guardar certa distância. Enquanto eu contemplava o mar sentada na extremidade do dique, Poti corria à vontade pela areia, em busca do afago de pescadores que porventura encontrasse por ali.

Não lembro quando foi que Tsugumi passou a nos acompanhar nas caminhadas. Mas isso me deixou feliz.

Antigamente, quando Poti era filhote, Tsugumi judiava tanto dele que chegou a levar uma tremenda mordida na mão. Naquele dia, Yoko, tia Massako, minha mãe e eu tínhamos acabado de sentar à mesa para almoçar. Quando minha tia indagou "Cadê Tsugumi?", ela entrou na cozinha pálida e com a mão toda ensanguentada. Ainda me recordo muito bem daquela cena. Tia Massako levantou-se num sobressalto e indagou: "O que aconteceu?", e Tsugumi respondeu com a maior naturalidade: "Fui mordida pelo cão." Sua maneira de falar foi tão engraçada que eu, Yoko e minha mãe não conseguimos conter o riso. Desde então, Poti e Tsugumi passaram a se odiar mutuamente e, toda vez que ela entrava ou saía pela porta de serviço, o cachorro latia tanto que tornou-se um problema sério por incomodar os hóspedes. Como eu me dava bem com os dois e, de certa forma, estava preocupada com essa situação, foi um motivo de alegria quando Tsugumi e Poti fizeram as pazes antes de eu partir.

Quando não chovia, Tsugumi nos acompanhava no passeio. De manhã, assim que Poti me escutava abrir a porta corrediça, ele saía de sua casinha em desabalada euforia. Eu lavava rapidamente o rosto, trocava de roupa, abria com cuidado a portinhola que separava a Pousada Yamamoto do jardim do senhor Tanaka, segurava Poti, que corria de um lado a outro arrastando ruidosamente as correntes, e, por fim, colocava-lhe a coleira de couro. Certo dia, ao abrir a portinhola para sair com ele, fomos surpreendidos por Tsugumi, que nos aguardava. A presença dela, de início, pareceu não agradar Poti, e ela também, em seu íntimo, pareceu temê-lo, evitando se aproximar dele. No início, o passeio foi envolvido por um clima estranhamente sombrio, mas, conforme eles foram se familiarizando, Poti enfim deixou que ela lhe segurasse a coleira. Envoltos pela luz da manhã, era muito gracioso vê-lo tomar a dianteira, enquanto ela, tentando acompanhá-lo, lhe pedia: "Devagar!" Ao perceber que *ela realmente queria fazer as pazes com Poti*, senti uma enorme comoção; mas, ao constatar que ela puxava a coleira com força quando ele corria muito acelerado, a ponto de ele empinar as patas dianteiras, vi que não podia tirar os olhos dela. Afinal, seria um deus nos acuda matar o cachorro de outra pessoa.

Esse tipo de atividade física parecia ser apropriado para Tsugumi, mas, por precaução, quando ela começou a nos acompanhar, achei melhor reduzir o percurso pela metade. Mesmo assim, só fiquei tranquila ao notar que sua saúde estava melhorando e que ela não tinha mais febre.

Ainda me lembro de um dos nossos passeios matinais.

Naquele dia, o céu estava ensolarado, sem nuvens, e as cores do oceano e do céu deixavam algo de doce no ar e o pintavam com um tom de azul. O cenário reluzente formava uma espécie de halo dourado a ofuscar a vista. No meio da praia havia uma espécie de torre de vigia que parecia uma plataforma cercada de árvores. No verão, os salva-vidas costumavam ficar nesse local para observar os banhistas. Eu e Tsugumi subíamos uma escada até a plataforma. No começo, Poti ficava embaixo rodeando a plataforma, mas, ao perceber que ele não podia subir, conformava-se e saía correndo pela praia. Quando Tsugumi berrou "Bem feito, idiota!" com um tom hostil, Poti rebateu com um "Au!".

— Para que dizer isso? — indaguei contrariada.

— Onde já se viu um cachorro idiota entender o que digo? — respondeu ela, rindo, sem desviar os olhos do mar. A sua franja balançava com delicadeza sobre a testa. Por ter corrido muito, suas bochechas rosadas deixavam transparecer as artérias e seus olhos refletiam o cintilar do mar.

Eu também contemplei o mar.

O mar é fascinante. Quando duas pessoas estão a contemplá-lo, pouco importa se conversam ou se permanecem em silêncio. Ninguém cansa de vê-lo. E ainda que o mar esteja agitado, suas ondas nunca são ruidosas.

Eu estava inconformada de ter de me mudar para uma cidade sem mar. Sentia-me estranhamente insegura. Tanto nos bons momentos quanto nos ruins, no calor da alta temporada, no estrelado céu de inverno ou quando íamos para o santuário comemorar o Ano-Novo, bastava girar a cabeça para encontrá-lo ali, no mesmo lugar, sempre presente, sendo criança ou adulta, e não importando se a vizinha tivesse morrido, ou se um médico tivesse acabado de ajudar a parir um bebê, ou se fosse o local do primeiro encontro ou de uma desilusão amorosa; a vastidão do mar sempre envolveu silenciosamente a cidade, repetindo com perfeição o ciclo das marés alta e baixa. Nos dias em que a visibilidade era boa, dava para ver com nitidez a praia do outro lado da baía. O mar pode não provocar um sentimento especial para quem o observa, mas ele sempre tem algo a ensinar. Por isso, apesar de nunca ter prestado a devida atenção nele ou no barulho da rebentação, passei a indagar o que as pessoas da capital costumam olhar para se sentir "equilibradas". Será que elas contemplam a lua? Mas a lua é por demais distante e pequenina em comparação ao mar e, não sei por que, ela me instigava uma sensação de solidão.

— Tsugumi, acho que não vou conseguir viver longe do mar — deixei escapar sem querer. Ao expressar o que sentia, constatei minha profunda insegurança. A luz matinal tornava-se mais clara e intensa, e uma miscelânea de sons ecoava na distante cidade que despertava.

— Imbecil — disse Tsugumi num tom de voz raivoso, mantendo-se de perfil, sem se voltar para mim. — Saiba que toda conquista requer uma perda. Finalmente vocês três poderão viver felizes em família, não é? A ex-esposa já está fora do páreo. Diante dessas conquistas, o mar não é nada. Deixe de ser criança!

— Tem razão — concordei, surpresa com a honestidade de sua resposta. A surpresa foi tamanha que, por alguns segundos, minha insegurança foi para o espaço. E isso me fez cogitar: será que em seu íntimo ela sempre soube lidar com as conquistas e as perdas? Tsugumi era extremamente autoconfiante e segura de si e, por isso, jamais desconfiei que ela soubesse lidar com isso; tal constatação me fez vê-la sob um novo prisma, o que me deixou bastante consternada.

"Será que Tsugumi sempre soube lidar sozinha com esse sentimento, sem nunca revelá-lo a ninguém?"

Enquanto eu me preparava para deixar minha terra natal, fui resolvendo as minhas pendências, uma por uma, para evitar remorsos. Para começar, marquei um rápido encontro com alguns amigos da época do primário que não encontrava havia muito tempo e também com um ex-namorado da época do colegial, com o intuito de comunicar-lhes que estava de mudança. Acho que herdei de minha mãe isso de querer fazer as coisas do modo correto, pensei com os meus botões. Talvez pelo fato de ser amante do meu pai, ela se preocupava muito no trato correto e educado para com as pessoas. Em relação à mudança, por mim, eu preferia me dar ao luxo de partir em silêncio, mas como minha mãe fazia questão de se despedir de todos os vizinhos e demonstrava sofrer com a partida, numa cidade pequena como a nossa a notícia se espalharia logo e, por isso, mudei de ideia e resolvi me despedir de todo mundo, sem importar quem fosse.

E, aos poucos, também comecei a encaixotar as coisas do meu quarto.

Essa tarefa me deixava triste e, ao mesmo tempo, radiante. Era como as ondas do mar. Independentemente do que eu estivesse fazendo, ao interromper a tarefa sentia meu peito se encher de saudade mais do que de tristeza. Uma dor que não era de infelicidade, mas que, mesmo assim, era difícil de evitar diante de uma iminente e espontânea partida.

Eu e Yoko, a irmã mais velha de Tsugumi, tínhamos um emprego de meio período numa confeitaria na avenida principal do centro da cidade, famosa por ser a única que vendia doces ocidentais (motivo para nos gabarmos, não acham?).

Naquela noite, combinei de buscar meu último salário na confeitaria, de modo a coincidir com o seu horário de saída. Conforme minhas expectativas, no final do expediente dividimos os doces que sobraram em duas caixas e voltamos juntas para casa.

Yoko colocou a caixa de doces com cuidado no cesto e foi empurrando a bicicleta. Eu caminhei lentamente ao lado dela. A estrada de cascalho, que margeava o leito do rio, seguia em direção à Pousada Yamamoto, até desembocar numa grande ponte. Ao longe estendia-se o mar e nele desembocavam silenciosamente as águas do rio. A lua e as lâmpadas da rua iluminavam o rio e o parapeito da ponte.

— Veja só quantas flores embaixo da ponte! — comentou Yoko de súbito, olhando para baixo ao nos aproximarmos. Na base da ponte de concreto, havia uma pequena área de terra repleta de flores brancas balançando ao sabor da brisa.

— É mesmo — respondi.

A alvura das flores parecia levitar na escuridão. Ao balançarem em sincronia, elas formavam uma imagem tão branca que parecia saída de um sonho. Ao lado, o rio fluía murmurando baixinho e, ao longe, a negritude do mar noturno ondulava em direção ao infinito, tremeluzindo o reflexo do luar em veredas fulgurantes.

"Terei por pouco tempo o privilégio de estar diante de uma paisagem tão hipnótica, contemplando-a como algo tão corriqueiro", pensei comigo mesma para não entristecer Yoko, que nos últimos tempos andava chorando com facilidade.

Interrompemos a caminhada por alguns instantes.

— Que lindo! — exclamei.

— É mesmo — Yoko concordou, sorrindo.

Os cabelos longos de Yoko balançavam em suaves movimentos na altura do ombro. Em comparação com Tsugumi, ela não chamava atenção, mas os traços de seu rosto eram elegantes, conferindo-lhe um ar de nobreza. E, apesar de terem sido criadas numa cidade litorânea, ambas tinham a pele muito branca. Sob a luz do luar, Yoko parecia ainda mais pálida.

Após uma breve pausa, continuamos o caminho de casa.

"Daqui a dez minutos, quatro mulheres vão se esbaldar com os bolos deliciosos que balançam na cesta da bicicleta", pensei. Eu imaginava a cena: o som da TV e o cheiro de tatame. Tia Massako e minha mãe nos aguardando na sala iluminada, Yoko e eu chegando em casa e dizendo: "*Tadaima!*"[2] Tsugumi reclamando, "enjoei desses bolos grátis que vocês trazem" e, após escolher os três melhores pedaços, indo se enfurnar no quarto. Tsugumi sempre foi assim e costumava dizer que "detestava confraternização em família", pois esse tipo de coisa a fazia "querer vomitar".

Quando caminhávamos pela estrada onde a vista não alcançava o mar, a impressão que tínhamos era de que o barulho das ondas continuava nos acompanhando. A lua também pairava sobre nós e sobre os distantes telhados antigos.

Embora a expectativa de voltar para casa prenunciasse um momento agradável em família, caminhávamos lentamente com tristeza e em silêncio. Acho que era pelo fato de ter sido meu último dia de trabalho. Esse sentimento melancólico fluía como uma singela melodia a rememorar a nossa boa convivência durante todos esses anos. Naquele momento,

---

2 Cumprimento tradicional japonês, utilizado por aquele que volta para casa após um período de ausência, para comunicar sua chegada àqueles que o aguardam. [N.E.]

percebi que Yoko era uma pessoa muito bondosa; compunha a imagem de uma translúcida pétala de "bondade" vinda do céu. Mas não. Não foi isso que aconteceu. Naquele dia, caminhávamos com empolgação, falando bobagens e dando gargalhadas. Mas, por mais que a intenção fosse a de demonstrar alegria, as únicas lembranças que me vêm à mente são o breu soturno da noite e as sombras pesarosas dos postes de eletricidade e dos cestos de lixo. É assim que me lembro daquela noite.

— Quando o gerente disse que você passaria por lá um pouco antes de fechar a loja, fiquei torcendo para ele dar os doces que sobraram. Que bom que ele deu, não acha? — disse Yoko.

— É mesmo. Nem sempre ele libera os doces que sobram, sem falar que tem dia que não sobra nada. Tivemos sorte — respondi.

— Chegando em casa, todo mundo vai comer doces — disse Yoko, de perfil, com seus óculos de aro redondo e sorriso meigo.

— Ah! Eu queria tanto pegar uma torta de maçã antes de Tsugumi pegar tudo para ela. É que aquela lá adora torta de maçã.

É lamentável dizer que, naquela hora, respondi sem delongas:

— Vamos fazer o seguinte: não mostraremos para ela esta caixa que só tem torta de maçã, está bem?

Yoko sorriu novamente.

Ela era inteligente e aceitava os caprichos de todo mundo, como a areia que deixa a água se infiltrar. Esse seu comportamento trazia consigo uma plácida alegria.

Com exceção de Tsugumi, que tinha uma personalidade um tanto quanto excêntrica, havia entre as minhas amigas de escola algumas que, assim como Yoko, eram "filhas de famílias que administravam pousadas". Apesar das diferenças de personalidade entre elas, havia uma coisa em comum. Era apenas uma percepção intuitiva, mas, para mim, elas sabiam lidar com as pessoas de um jeito prático. Será que isso era porque, desde crianças, estavam acostumadas a viver em casas onde há grande circulação de pessoas? Os hóspedes sempre acabam *partindo* e, por isso, aprenderam a ignorar os sentimentos relacionados à dor da separação. Eu não sou filha de donos de pousada, mas me considero como uma e, no fundo, sei que também sou assim. Sei me esquivar habilmente dos sentimentos que me fazem sofrer.

    Mas, em relação à despedida, Yoko era diferente.

    Quando criança, ela costumava correr de um lado para outro durante a limpeza dos quartos, e os hóspedes de longa estadia perguntavam: "Você é filha do dono?" e, com o tempo, eles se tornavam amigos. Cumprimentar as pessoas, mesmo conhecendo-as somente de vista, era divertido. Entre os hóspedes havia os que realmente eram chatos, mas, em compensação, um ou outro sempre esbanjava simpatia. Um tipo de hóspede que, independentemente de ser homem ou mulher, alegrava o ambiente somente com a sua presença e se tornava motivo de elogios entre os funcionários da cozinha e aqueles que eram contratados como temporários. Quando chegava então o momento de esses hóspedes arrumarem as malas, levarem-nas para o carro e se despedirem, a luz do entardecer que incidia nos quartos vazios era tão forte que ofuscava a vista.

    "Ele voltará no ano que vem", mas o ano que vem era sempre uma referência temporal por demais subjetiva. Nisso, um novo hóspede chegava. Era um ciclo que presenciamos várias e várias vezes.

No início da estação de outono, com o término da alta temporada, o número de hóspedes diminuía drasticamente; nessas ocasiões, eu procurava me animar e, de um jeito ou de outro, conseguia superar essa fase, mas Yoko ficava triste e chorava ao encontrar um brinquedo esquecido por alguma criança com quem fizera amizade. Esse tipo de sentimento ocupa um espaço ínfimo no coração e, por isso, qualquer um é capaz de superá-lo sem muita dificuldade. Mas, se lhe dermos importância, obviamente nos sentiremos solitários e ficaremos vulneráveis do ponto de vista emocional. Por isso, as pessoas que lidam com esse tipo de sentimento com muita frequência desenvolvem a arte de enfrentá-lo. No entanto, Yoko não agia dessa maneira. Muito pelo contrário, ela parecia não somente valorizar, mas também fazia questão de cuidar e proteger com carinho esse tipo de sentimento. Ela não queria ignorá-lo.

Ao virar a esquina, dava para ver, por entre os arbustos, o letreiro luminoso da Pousada Yamamoto. Ao observar o letreiro e a janela dos quartos dos hóspedes, eu sentia uma doce sensação de alívio. Independentemente de a pousada estar com muitos ou poucos hóspedes, e os quartos estarem ou não com a luz acesa, eu me sentia como sendo acolhida por algo grandioso. Demos a volta até a cozinha que ficava nos fundos da pousada e, ao abrir a porta do terraço, Yoko disse: "*Tadaima*!" Nesse horário, minha mãe costumava ficar na pousada ou na sala de estar da família Yamamoto tomando chá. E o costume era comermos bolo, todas juntas, para, em seguida, minha mãe e eu nos retirarmos para a nossa casa nos fundos. Sempre foi assim.

— Ah! Ia me esquecendo — disse enquanto tirava os sapatos. — Vou te dar de presente aquele disco que você pediu para gravar em fita cassete. Quer que eu vá buscá-lo?

— Não posso aceitar. Aquele álbum é duplo, não é? Se você puder gravar, está ótimo — respondeu Yoko, esboçando um sorriso sem graça.

— Não se preocupe. Como eu estava pensando em deixá-lo, prefiro que você fique com ele — disse sem perceber que era melhor não ter insistido. Mas era tarde. — Aceite como um presente de despedida. Ih! Acho que quem vai partir não costuma oferecer presente, não é?

Quando olhei para Yoko, ela estava no canto escuro do terraço colocando a capa na bicicleta, cabisbaixa, com o rosto vermelho e os olhos marejados.

Aquelas lágrimas sinceras me deixaram sem jeito e, fingindo não ter percebido, entrei na casa e disse, sem me voltar para ela:

— Venha logo. Vamos comer bolo!

— Estou indo — Yoko enxugou rapidamente as lágrimas e concordou, com voz fanhosa. Ela era tão pura e inocente que devia achar que ninguém sabia o quanto ela era sentimental.

Durante dez anos, estive sob a proteção de uma espécie de véu enorme, costurado com a junção de inúmeras coisas. Mas nos damos conta da existência desse véu somente quando o tiramos. Quando não podemos mais recolocá-lo, realmente percebemos quão aconchegante era estar sob a sua proteção. Para mim, esse véu que me envolvia era o mar, a cidade litorânea, a família Yamamoto, minha mãe e meu pai, que morava num local distante. Naquela época, tudo isso fazia parte de mim, gravitando delicadamente ao meu redor. Eu sempre tive uma vida alegre e feliz, mas, de vez em quando, sinto muita saudade daquela época, a ponto de sucumbir numa maré insuportável de tristeza. Nessas horas, sempre me lembro de Tsugumi brincando com o cachorro na praia e do sorriso de Yoko empurrando a bicicleta naquela estrada noturna.

Vida

Depois que nós três — minha mãe, meu pai e eu — passamos a viver juntos, meu pai parecia não conseguir se conter de felicidade por voltar todas as noites para casa. Sua alegria era contagiante. Ele sempre fazia questão de trazer alguma coisa, às vezes sushi, outras vezes bolo, e toda vez que ele abria a porta todo empolgado com um sorriso no rosto e um pacote na mão, tenho de admitir que eu me indagava com uma leve desconfiança: "Será que no trabalho ele realmente dá conta do recado?" Nos fins de semana, ele nos levava para desbravar os melhores lugares de Tóquio, ou se enfurnava na cozinha preparando iguarias, ou, em pleno domingo, bancava o marceneiro e montava uma prateleira na parede acima da minha mesa, ainda que eu lhe dissesse que não precisava se dar ao trabalho. Ele era o tipo "papai atrasado". Mas o fato é que esse seu zelo para com a família serviu a contento para dissipar as distorções que se acumularam ao longo dos anos e eliminou as incômodas *rusgas* de insegurança que havia entre nós, proporcionando condições para o desenvolvimento de um bom relacionamento familiar.

Uma vez, meu pai telefonou no finalzinho da tarde para avisar: "Vou ter de fazer hora extra", com voz triste. Minha mãe tratou de dormir cedo e, enquanto eu escrevia um relatório na mesa da sala de jantar e assistia à TV, ele voltou. Assim que me viu, indagou "Ainda acordada?" e, demonstrando contentamento, abriu um sorriso, perguntando a seguir: "E sua mãe, já foi dormir?"

— Já — respondi. — Só tem *missoshiro* e peixe. Quer jantar?

— Quero, sim. Está ótimo — disse meu pai e, arrastando a cadeira, sentou e tirou o paletó. Eu coloquei a panela no fogo e o prato no micro-ondas. A energia ressurgiu na cozinha noturna. O som da TV estava num volume agradável. De repente, ele indagou:

— Maria, quer um *sembe*?[3]

— O quê? — perguntei olhando para ele, que remexia a maleta de onde tirou cuidadosamente dois *sembe* embrulhados num papel, colocando-os sobre a mesa.

— Um é da sua mãe, está bem?

— Por que só dois? — indaguei surpresa.

— Ah! É que hoje, na hora do almoço, um cliente trouxe uma caixa deles. Quando experimentei um, achei tão gostoso que separei estes para vocês experimentarem. É muito bom — explicou meu pai sem demonstrar constrangimento.

— Ninguém comentou que você parece um garoto que está criando um cachorrinho escondido? — comentei rindo. Afinal, tratava-se de um homem adulto que sorrateiramente pegara dois *sembe* para escondê-los na maleta e levá-los para casa.

— As verduras aqui de Tóquio não têm sabor e os peixes também não são grande coisa, mas, em compensação, em matéria de *sembe,* pode-se dizer que os de Tóquio são os

---

3 Biscoito típico japonês. [N.E.]

melhores — asseverou ele, comendo arroz e tomando o *missoshiro* que eu acabara de servir. Tirei o peixe do micro-ondas e o coloquei diante dele, até que, sentando-me à mesa, peguei um *sembe* e disse:

— Vou experimentar — senti-me como uma estrangeira diante de um *sembe* pela primeira vez. Ao comê-lo, provei um delicioso gosto concentrado de molho de soja levemente torrado. Quando comentei isso, meu pai assentiu satisfeito.

Certo dia, logo que cheguei a Tóquio, vi meu pai voltando do trabalho. Fui assistir a um filme e, em plena área onde se concentram os escritórios, parei no cruzamento para esperar o semáforo de pedestres abrir. O sol poente refletia sua luminosidade nas janelas dos edifícios fazendo-as reluzir como espelhos. Era justamente o horário de fim de expediente e uma multidão de homens de ternos e de moças muito bem-vestidas à paisana — livres de seus uniformes de empresa — repentinamente se aglomerava no semáforo aguardando o sinal verde. Assim como os ventos sopravam com debilidade, a expressão das pessoas era de leve abatimento, e todos conversavam com um meio-sorriso no rosto, como se não soubessem para onde ir. Os que estavam quietos esboçavam uma sutil expressão de mau humor.

Ao olhar para o outro lado da rua, notei sem querer que havia um homem caminhando e não foi à toa que meus olhos se fixaram nele, pois era meu pai. Ele também estava com a expressão sisuda e vê-lo assim me causou estranheza. Eu só o via daquela maneira quando ele cochilava vendo TV. Observei com profunda curiosidade o "rosto público" de meu pai. Enquanto eu o observava, de repente uma funcionária do escritório saiu correndo do prédio em que meu pai trabalhava, chamando-o em voz alta. Eu, que estava do outro lado da rua, observei a cena do começo ao fim. A funcionária segurava um envelope que parecia conter documentos. Ao ser chamado pelo nome, meu pai olhou de um lado para outro até encontrá-la e, após mexer a boca como a pedir desculpas dizendo "Sinto muito, esqueci", esboçou um sorriso. A jovem arfava e, ao entregar-lhe o envelope, sorriu, fez uma reverência e retornou para o prédio. Meu pai disse "Tchau" e, com o envelope em mãos, seguiu caminhando até a estação. O semáforo abriu e a multidão avançou resoluta. Durante um tempo, considerei se devia correr para alcançá-lo, mas, como demorei para atravessar a rua, acabei desistindo e, no centro da cidade, em pleno anoitecer, fiz uma breve reflexão.

Aquela cena rápida e banal de alguém que esquece um envelope — a qual, sem querer, acabei presenciando — foi suficiente para espontaneamente me mostrar, ainda que de relance, como teria sido a vida dele até então. A vida que ele viveu por muitos e muitos anos. Enquanto minha mãe e eu vivíamos naquela cidade litorânea durante tanto tempo, ele estivera ali, respirando aquele ar. Ele discutia com a ex-esposa, trabalhava, era promovido, fazia as refeições e, como naquele momento, esquecia alguma coisa e, de vez quando, pensava em minha mãe e em mim, que morávamos numa cidade distante. Será que, para ele, aquela cidade, onde eu e minha mãe vivíamos, era apenas um local tranquilo para passar o fim de semana? Será que algum dia ele pensou em nos abandonar? Suspeito que sim. Ainda que ele jamais confesse, deve ter havido momentos em que, em seu íntimo, ele teve vontade de jogar tudo para o alto, julgando não valer a pena tanto sacrifício. A nossa situação era tão estapafúrdia que, para compensar, construímos um enredo em que protagonizávamos uma "típica família feliz". Cada um procurava inconscientemente se esforçar para não revelar quaisquer sentimentos sombrios que se ocultassem no âmago de nosso coração. A vida é uma encenação, pensei. A palavra "fantasia" também possui uma conotação semelhante, mas, para mim, o termo "encenação" é o que melhor expressa o que sinto sobre a vida. Naquela tarde, em meio à multidão, tive esse instante vertiginoso de epifania. Cada um carrega em seu peito uma profusão de coisas boas e ruins, suportando esse fardo durante a vida. E, apesar de termos de suportar todo esse peso sozinhos, ainda procuramos, na medida do possível, ser amáveis com aqueles que nos são caros.

— Pai, não se esforce demais para não se desgastar, está bem? — comentei. Ele ergueu o rosto e esboçou uma expressão de estranhamento diante do meu comentário.

— Esforçar? Como assim?

— Isso de voltar cedo, trazer presentes e me comprar roupas. Se continuar a fazer tanta coisa, vai acabar se sobrecarregando.

— A última coisa que você acabou de dizer é algo que ainda não fiz — disse meu pai e sorriu.

— Ganhar roupas era apenas um desejo — eu sorri de volta.

— O que quer dizer com "se desgastar"?

— É quando a pessoa chega num estado em que começa a trair a esposa, a se embebedar e a descarregar a raiva na família.

— Talvez um dia eu fique assim — disse meu pai, rindo novamente. — Mas agora estou canalizando as minhas energias para construir a nossa vida em família. Após anos de espera, finalmente estou vivendo a vida que eu sempre quis e me sinto feliz. No mundo há homens que realmente preferem ficar sozinhos, mas eu sou do tipo caseiro que gosta de estar com a família. E é por isso que não deu certo o relacionamento com minha ex-esposa. Ela detestava crianças e só gostava de passear. Era péssima dona de casa. Evidentemente, é natural que existam pessoas como ela, mas eu queria um lar para onde voltar todos os dias e ter uma família com quem pudesse assistir à TV juntos e, aos domingos, sair para bater perna mesmo estando com preguiça. O erro foi duas pessoas completamente diferentes terem se apaixonado. Ao relembrar os inúmeros momentos de tristeza e solidão que passei enquanto estivemos longe, percebo o quanto foi importante o apoio dos amigos durante todo esse tempo. Um dia, quem sabe, talvez eu deixe de pensar assim e acabe magoando você e sua mãe, mas isso também faz parte da vida. E, no caso de nosso relacionamento não dar mais certo, o melhor a fazer é guardar ao máximo as boas lembranças.

Ele interrompeu a refeição para conversar calmamente comigo. Em meu íntimo, pensei o quanto suas palavras eram sinceras e faziam sentido; desde que mudara para lá, senti que, pela primeira vez, nascia uma espécie de intimidade entre nós.

— Acho que sua mãe também deve questionar muitas coisas. Ela não diz nada, mas convenhamos que deixar para trás o lugar onde se viveu por tantos anos não é nada fácil, não é? — o seu tom de voz denotava consternação.

— Por quê?

— Digamos que — meu pai cutucou com a ponta do hashi o filé de cavalinha — de uns tempos para cá, toda noite temos peixe no jantar, não é?

Ele tinha razão. Ao lembrar o jeito que minha mãe ficava quando parava diante da peixaria, silenciei.

— Você é uma estudante universitária, não é? Mas vejo que você está sempre em casa à noite. Por acaso, você não tem alguma festa ou algum trabalho temporário? — era uma pergunta um tanto quanto inesperada.

— Como assim? Não sou membro de nenhum grêmio estudantil e não é sempre que há festas para ir. Também não estou fazendo bico. Por que, de repente, você vem com essas perguntas típicas de telespectador de TV? — indaguei rindo.

— É que uma vez na vida eu queria dizer algo do tipo "Você está voltando muito tarde todas as noites" — meu pai também se justificou aos risos.

Sobre a mesa, o *sembe* da minha mãe representava uma discreta metáfora da felicidade de nossa família.

Mas, às vezes, a saudade do mar era tão grande que eu não conseguia dormir. Um sentimento que eu não era capaz de evitar.

Eu costumava frequentar o bairro de Ginza e, conforme a direção do vento, ele trazia consigo o cheiro de maresia. Sem brincadeira ou exagero, quando eu sentia esse cheiro tinha ímpetos de gritar de alegria. Era como se, de repente, meu corpo fosse tragado por ele e, de tanta saudade, eu perdia os movimentos. E sentia vontade de chorar. Normalmente, isso acontecia quando o tempo estava ensolarado e o céu, límpido. Minha vontade era de largar os meus discos da Yamano Music e a bolsa da Printemps, sair correndo rumo ao dique sujo e impregnado do cheiro de mar e, em pé, aspirar o aroma da maresia até me saciar. Será que o sentimento de nostalgia vem da tristeza em saber que esse impulso tão intenso um dia deixará de existir? Outro dia algo semelhante aconteceu quando estava caminhando com minha mãe. Foi num dia de semana, quase ao meio-dia. Ao sairmos de um shopping localizado numa avenida com pouca circulação de transeuntes, soprou uma rajada de vento impregnado de maresia, e nós duas sentimos de imediato.

— Sinto o cheiro do mar — disse minha mãe.

— É que o cais de Harumi fica do outro lado — respondi, apontando a direção. Eu parecia aqueles homens que verificam a direção dos ventos.

— É mesmo — sorriu minha mãe.

Depois caminhamos em direção à floricultura que ficava em frente ao parque, pois minha mãe queria comprar flores. As plantas verdejantes e úmidas do parque, avistadas de longe, ofuscavam a vista. Elas sempre resplandeciam sob o céu azul e ensolarado, quando as chuvas davam trégua em plena estação chuvosa. Quando um ônibus que seguia rumo ao cais de Harumi passou por nós, o barulho de sua enorme carroceria ecoou nos meus ouvidos.

— Quer tomar um chá antes de voltar para casa? — perguntei para minha mãe.

— Não vai dar. Preciso me apressar. Tenho que ir para a aula de arranjo floral agora à tarde. E você não esqueceu, não é? Amanhã seu pai vai fazer uma viagem de trabalho. Preciso preparar a refeição para jantarmos todos juntos. Se não, ele vai ficar chateado. Parece uma criança, não é? — sorriu minha mãe, com o rosto de perfil.

— Isso é por pouco tempo. Logo ele sossega — disse. Depois que minha mãe virou dona de casa, até seu sorriso parecia mais sereno. Um sorriso que, visto de lado, parecia expandir lentamente uma ondulação iluminada por delicados raios de sol.

— Maria, você já fez amigos? Certamente sim, pois você sempre recebe telefonemas, não é? A faculdade é divertida?

— É, sim. Por quê?

— É que antes você vivia com Yoko e Tsugumi, e elas eram como suas irmãs, não é? Achei que você estivesse se sentindo sozinha. A nossa casa anda muito silenciosa.

— Tem razão — respondi. — Quase não se ouve ruído nenhum.

O som de passos apressados andando no corredor de um lado para o outro. A agitação que vinha da cozinha, do enorme aspirador de pó, do telefone tocando na recepção. Havia sempre muitas pessoas fazendo barulho na pousada e, todo dia, às cinco e às nove horas, a Associação dos Moradores da cidade anunciava pelos alto-falantes que estava na hora de as crianças voltarem para as suas casas. O barulho das ondas, o apito do trem e o canto dos pássaros.

— Acho que quem deve se sentir sozinha é você, mamãe — comentei.

— Acho que sim. Sei que não podia continuar na pousada incomodando e estou feliz de estar com seu pai, mas, não sei por que, não consigo esquecer aquele sentimento de estar rodeada de gente, assim como não posso deixar de lembrar do barulho do mar.

Ao dizer isso, minha mãe levou a mão à boca e deu uma discreta risada.

— Sou uma poetisa, não acha?

Há uma coisa que aconteceu quando eu era bem pequena e, assim, as lembranças são nebulosas, mas quando isso me vem à memória, sempre sorrio. No verão, após o jantar, cansada de brincar, eu cochilava ao lado da mesa baixa assistindo à TV e, certo dia, meu pai e minha mãe começaram a conversar. Sem querer, eu acabei acordando e, com os olhos semicerrados e bem próxima deles, pude escutar do tatame o desenrolar da conversa. Isso não era raro de acontecer. Meu pai costumava lamentar que sua esposa de Tóquio não aceitava o divórcio e que ele não podia largar a gente num lugar como aquele durante muito tempo. Quando mais jovem, meu pai era uma pessoa séria e parecia estar em constante estado de sofrimento, mas, depois que conheceu minha mãe, ele começou a mudar essa atitude. Desde então, acho que ele mudou bastante. Minha mãe é uma pessoa muito otimista e, naquela ocasião, ela disse:

— Que falta de educação. Como ousa dizer "num lugar como aquele"?

— Desculpe, foi sem querer. Sei que Massako é a sua irmã caçula. Mas você se considera feliz vivendo como uma parasita e tendo que trabalhar duro o dia todo feito uma mula? — questionou meu pai, tornando a conversa longa. Eu, que estava deitada de costas para eles, conseguia sentir o quanto minha mãe estava irritada. Minha mãe detestava lamúrias.

— Querido, se você insistir em continuar reclamando, saiba que até na hora de ir para o caixão você vai se queixar de alguma coisa... Portanto, por favor, pare de reclamar — disse minha mãe, soltando um profundo suspiro. Ainda me lembro de suas palavras com clareza. E quando menos espero, elas ressurgem em minha mente.

Também me lembro de uma situação que ocorreu com Tsugumi. Quando eu estava no quarto dela gravando músicas de um disco para uma fita cassete, ela disse em tom sério:
— Seu pai realmente é um mimo.
Era uma tarde nublada. Nos dias cinzentos, quando o mar ficava revolto com ondas agitadas e sombrias, Tsugumi costumava ficar um pouquinho mais simpática no trato com as pessoas. Certo dia, tia Massako comentou que achava que ela agia assim porque, num dia nublado, quando ela ainda era bebê, quase morreu.
— Mimo? Mimo de mimoso? — indaguei.
— É claro que não, sua boba. Mimo de garoto mimado, um mimadão, entendeu? — respondeu Tsugumi, deitada com os cabelos espalhados sobre a fronha alva e rindo com as bochechas febrilmente rosadas.
— Tem razão. Realmente, é o que parece. Mas por que diz isso?
— Porque ele vive matutando coisas sem nexo. E, apesar de possuir um caráter fraco, é presunçoso como você, mas digamos que você não possui um caráter tão fraco quanto ele. Logo se vê que seu pai é incapaz de encarar a realidade.
Tsugumi não deixava de ter razão, por isso não senti raiva dela:
— Deixe para lá. Mas não é por isso que ele se dá tão bem com minha mãe?
— Tem razão. Sem dúvida, deve ser melhor e mais aconchegante ficar com ela do que com uma pessoa doente como eu, que vive acamada, e que percebe tudo que se passa mesmo estando sob as cobertas. Sei que é um jeito desagradável de te dizer o que penso. Mas, seja como for, outro dia

deparei-me com ele sem querer no corredor e quando ele me disse "Oi, Tsugumi, se você estiver precisando de alguma coisa de Tóquio, basta me dizer que eu te trago da próxima vez, está bem?", confesso que foi impossível, até para mim, deixar de sorrir para ele.

Tsugumi olhou para mim e sorriu. A luz da tarde que incidia sobre o quarto era bem clara e, enquanto escutávamos uma fita cassete com uma série de suaves melodias, ficamos em silêncio lendo as revistas. O único som audível no quarto silencioso era o ruído das páginas sendo folheadas.

Tsugumi.

Agora que estou longe, posso dizer que passei a entendê--la melhor.

Tsugumi usava de vários subterfúgios para não se fazer entender e evitar que as pessoas pudessem compreendê-la (o caráter dela obviamente corroborava para isso). Eu, que poderia me encontrar com qualquer pessoa e me deslocar para qualquer lugar do mundo se assim desejasse, tinha a impressão de que seria esquecida por ela que, a princípio, não poderia deixar aquela minúscula cidade. Tsugumi não olhava para o passado. Para ela, só havia o *presente*.

Certa noite, o telefone tocou e, ao atendê-lo, ouvi a voz de Tsugumi do outro lado da linha.

— Alô! Sou eu.

Em fração de segundos, me senti invadida por luzes e sombras da minha terra natal e, diante de meus olhos, tudo se tingiu de branco.

— Nossa, que surpresa! Está tudo bem com você? Que saudades! Estão todos bem? — gritei eufórica. — Como sempre, você parece uma tonta. Está estudando direitinho? — indagou Tsugumi aos risos.

Ao começar a conversa, a distância deixava de existir e era como se, de repente, eu estivesse conversando com uma prima que morasse logo ali.

— Sim. Estou estudando.

— Seu pai não está traindo? Dizem que quem trai uma vez vai trair duas, três...

— É claro que ele não está traindo.

— Ah é? Bem, acho que em breve a velha daqui de casa vai comunicar oficialmente para a sua mãe que, na primavera do ano que vem, vamos fechar a pousada.

— Como é que é? Vão fechar a pousada? — indaguei surpresa.

— Isso mesmo. Não sei o que se passa na cabeça do meu pai. Diz ele que vai abrir uma pensão em sociedade com um amigo que já possui o terreno. Anda dizendo por aí que isso era o sonho dele. Só mesmo rindo para não chorar. Ele vive num conto de fadas. E, segundo ele, Yoko é quem vai herdar o negócio.

— Você também vai se mudar?

— Para mim, tanto faz morrer no mar ou nas montanhas.

Tsugumi parecia mesmo não se importar.

— Puxa, é triste saber que vão fechar a Pousada Yamamoto — respondi abalada. Até então, eu acreditava que eles viveriam para sempre naquela cidade.

— Bem, de qualquer modo, imagino que você não tem nada para fazer nas férias de verão, não é? Venha passear. A velha diz que vai te hospedar no quarto da pousada e que vai te servir sashimi.

— É claro que vou.

No interior de minhas pupilas, como uma projeção de um velho filme colorido de 8 milímetros, as cenas da paisagem da cidade e da Pousada Yamamoto passavam em sequência. Veio-me à mente os braços finos de Tsugumi segurando o fone, deitada em seu quarto, cena que me era tão familiar.

— Então está combinado. Estarei esperando você. Ah! Espere um pouco. A velha diz que quer falar com sua mãe e está subindo as escadas. Até mais — disse Tsugumi tão de súbito que só tive tempo de responder:

— Ok, vou passar a ligação — e chamei minha mãe.

E foi assim que decidi passar minhas férias de verão na Pousada Yamamoto pela última vez.

Forasteira

Por que será? Desde pequena, toda vez que o barco se aproximava do porto, eu me sentia um pouco forasteira. Esse sentimento me ocorria desde aquela época em que eu ainda morava na cidade e voltava de algum passeio. Não sei por que, sempre tive a impressão de ser de outro lugar e que, algum dia, deixaria o porto para partir.

Acho que a pessoa, independentemente de quando e de onde esteja, uma vez no mar contemplando o porto distante e enevoado, acaba por constatar que não passa de uma solitária forasteira.

Anoitecia. Para além do céu alaranjado e das ofuscantes ondas brilhantes que refletiam a luz do poente, o cais avistava-se pequeno, sem contornos definidos, envolto numa luz bruxuleante produzida pelo efeito do calor. Os velhos alto-falantes tocavam a música de chegada e o capitão do barco anunciava o nome de minha terra natal. Lá fora devia estar calor, mas, no navio, a refrigeração era tão intensa que eu sentia frio.

Do momento em que peguei o trem-bala até a baldeação para o barco de transporte interilhas, não consegui conter a euforia, mas, após um breve cochilo, embalada pelo movimento das ondas, percebi que estava mais calma. Com a preguiça de quem acabou de acordar, endireitei ligeiramente as costas e, da janela embaçada pelas águas salgadas, observei ao longe a saudosa praia que aos poucos se aproximava como que em câmera lenta.

Quando soou o apito, o barco fez uma enorme curva em direção à extremidade do cais. Ao nos aproximarmos do porto, vi que Tsugumi estava de vestido branco, braços cruzados, encostada na placa "Sejam bem-vindos".

O barco continuou a avançar lentamente até que, de súbito, estacou. O marinheiro lançou a corda e posicionou a escadaria de madeira. Os passageiros enfileirados começaram a descer sob a tênue luz do anoitecer. Eu me levantei, peguei a bagagem e entrei na fila de desembarque.

Ao deixar o barco, senti uma onda de calor. Tsugumi aproximou-se rapidamente e, sem ao menos dizer "Há quanto tempo!" ou "Como vai?", exclamou com a cara amuada:

— Que demora!

— Você não mudou nada, hein? — respondi.

— Quase morri desidratada, sabia? — resmungou Tsugumi, sem sorrir, caminhando com passos rápidos à minha frente. Sem ter o que dizer, sorri discretamente. Um riso espontâneo diante da alegria de ter sido recepcionada de um jeito que somente Tsugumi seria capaz de fazer.

Lá estava a Pousada Yamamoto. Tão perfeitamente a mesma, no lugar de sempre, que fiquei desconcertada assim que a vi. Um sentimento inexplicável, como se eu estivesse diante de uma casa que havia muito tempo visitara num sonho.

Mas assim que Tsugumi gritou diante do portão aberto da entrada principal, "Ô de casa! Chegou a garota feia que veio filar boia", tudo se tingiu de cores.

Nos fundos, Poti latia sem parar e, do interior da pousada, tia Massako veio me receber, repreendendo aos risos: "Isso é jeito de falar, Tsugumi?" Yoko também apareceu sorridente e me cumprimentou: "Oi, Maria. Há quanto tempo!" De repente, era como se recuperasse o tempo perdido e isso me fez sentir uma alegria eufórica.

Os inúmeros chinelos de praia enfileirados na entrada indicavam que os negócios naquele verão estavam indo bem. Ao sentir o aroma da casa, lembrei-me do ritmo de vida da pousada.

— Tia, quer ajuda? — perguntei.

— Não se preocupe. Vá até os fundos e tome um chá com Yoko — respondeu rindo e rapidamente voltou para a agitada cozinha, de onde se ouviam barulhos.

Realmente, na Pousada Yamamoto, aquele era o horário em que Yoko costumava fazer um lanchinho antes de ir para o trabalho. E, para os meus tios, era um horário movimentado, pois preparavam o jantar. O tempo fluía todos os dias mantendo essa rotina.

Yoko estava nos fundos e, como era de se esperar, comia um bolinho de arroz[4] e, sorrindo com um olhar de ternura, disse:

— Tome um chá — servindo-me na xícara que eu costumava usar, colocando-a sobre a mesa baixa. — Quer um bolinho de arroz?

— Idiota, daqui a pouco vai sair uma janta no capricho. Se comer isso, ela não vai conseguir jantar — disse Tsugumi

---

4 Em japonês, *onigiri*, arroz branco compactado no tamanho da palma da mão, em formato redondo ou triangular. [N.T.]

que, sem levantar o rosto, folheava uma revista sentada no canto da sala, encostada na parede e com as pernas estendidas.
— É mesmo. À noite trago alguns bolos, está bem? — disse Yoko.
— Você continua trabalhando na doceria?
— Sim. Ah! Aumentaram os tipos de bolos. Vou trazer novidades.
— Ótimo, obrigada — eu disse.
As pessoas começavam a voltar do banho de mar e passavam do lado de fora da janela aberta protegida com tela. Sons de risadas podiam ser ouvidos. Todas as pousadas preparavam o jantar e a cidade se animava, repleta de energia. O céu ainda estava claro e, na TV, passava o noticiário vespertino. A maresia alcançava o tatame e tomava o quarto. Passos apressados percorriam o corredor de um lado para o outro, e os hóspedes que saíam do banho andavam em grupos fazendo algazarra. Do mar, ecoava o som das gaivotas e, da janela, via-se por entre os cabos elétricos o céu que, de tão rubro, insinuava-se amedrontador. O anoitecer era exatamente o mesmo de sempre.

E eu sabia que não existia nada que fosse eterno.

Escutei uma voz dizendo: "Maria chegou?", e, assim que o ruído dos passos se aproximou, meu tio abriu a meia cortina[5] e disse com alegria:

— Seja bem-vinda! Fique à vontade, está bem? — e se retirou depois de me cumprimentar.

Tsugumi se levantou e, fazendo barulho com a sola dos chinelos, caminhou em direção à geladeira. Pegou um copo

---

5   Em japonês, *noren*, cortina geralmente de pano, que desce até a meia altura da entrada, comumente encontrada em lojas e estabelecimentos tipicamente japoneses. [N.T.]

do Mickey Mouse que ela ganhara havia muito tempo de uma loja de bebidas alcoólicas, encheu-o de chá de cevada e sorveu tudo de uma só vez. Depois, largou o copo na pia da cozinha limpa e bem lustrada.

— Onde já se viu, querer abrir uma pensão? Isso é que é ser um pai inconveniente.

— É o sonho do papai — disse Yoko, voltando levemente os olhos para baixo.

O que de fato existia naquele momento deixaria de existir no verão do próximo ano. Isso era algo custoso de se acreditar e, provavelmente, o mesmo ocorria com elas.

Os dias sempre transcorriam sem nenhuma novidade. Naquela pequena cidade pesqueira, minha vida se resumia em dormir, acordar e comer. Às vezes, eu estava saltitante; noutras, desanimada; às vezes assistia à TV; ficava apaixonada; frequentava as aulas na escola e, no final do dia, retornava para casa. Ao relembrar aquela vida comum e cotidiana, sinto que, daquela época, me restou algo ínfimo como grãos de areia quentes, leves e límpidos.

Senti um leve aconchego e, sonolenta pelo cansaço da viagem, deixei-me envolver por esse sentimento de encantadora felicidade familiar.

O verão havia chegado. Sim. Era o início da estação de verão.

Uma estação que passaria uma única vez e que jamais haveria de se repetir. Apesar disso, o tempo continuava a fluir, mas agora os dias pareciam mais tristes e um pouco mais tensos do que de costume. Nós que, ao entardecer, estávamos sentadas naquela sala, sabíamos muito bem disso. A tristeza dessa constatação era tão grande que tornava ainda maior a felicidade de estarmos juntas ali.

Após o jantar, quando eu estava desfazendo as malas, escutei o latido eufórico de Poti. Ao me debruçar na pequena janela do meu quarto, que dava para os fundos do quintal, vi que, lá embaixo, Tsugumi amarrava a coleira nele, em pleno anoitecer. Ela percebeu que eu estava na janela e, olhando para mim, perguntou:

— Quer passear?

— Quero — respondi, descendo com pressa as escadas.

O céu ainda preservava uma tênue claridade e, nessa atmosfera, as lâmpadas das ruas se destacavam especialmente nítidas. Tsugumi, como sempre, era puxada por Poti.

— Ei, calma lá! Hoje estou cansada e só vou até o começo da praia, viu? — disse Tsugumi olhando para o cão.

— Você sai com ele todas as noites? — indaguci admirada. Se eu não me engano, Tsugumi não era tão saudável a ponto de passear diariamente com o cachorro.

— A culpa é sua. Quem mandou você acostumá-lo a passear? Depois que você foi embora, sempre que estava na hora do passeio, ele começava a latir bem alto. Como você sabe, sou uma pessoa delicada e sempre acordava com esses latidos, por isso o jeito foi mudar o horário do passeio da manhã para o final da tarde, e eu e Yoko revezamos.

— Puxa, que ótimo!

— Se bem que, de tanto Poti me puxar, acho que minha saúde até melhorou um pouco. E isso é bom — disse Tsugumi de perfil para mim, esboçando um sorriso.

Durante toda a sua vida, Tsugumi sempre teve alguma parte do corpo comprometida, mas ela nunca falava, mesmo que brincando, onde exatamente sentia dor e muito menos o tipo de dor que sentia. Quando estava doente, ela permanecia quieta ou descarregava a sua ira aos xingos e se retirava para ficar sozinha dormindo. E ela nunca desistia.

Às vezes, eu considerava esse seu comportamento digno de uma heroína e, em outras, extremamente irritante.

Ao anoitecer, a rua estava quente, azulada e, nas indistintas areias brancas da praia, as crianças soltavam fogos de artifício. Após caminhar pela estrada de cascalho e atravessar a ponte, subimos no dique que se estendia até a praia e soltamos Poti. Ele disparou em direção à praia enquanto eu e Tsugumi, sentadas num canto do quebra-mar de concreto, bebíamos suco gelado em lata.

Um vento agradável soprava. Por entre as finas camadas de nuvens acinzentadas, os resquícios de luz do entardecer apareciam e desapareciam conforme elas eram rapidamente levadas pela brisa.

Por instantes, achei que Poti correria até perdê-lo de vista, mas logo ele retornava preocupado e, olhando para Tsugumi sentada no quebra-mar, latia para ela, impossibilitado de subir até o local onde estávamos. Tsugumi ria e estendia o braço para acariciá-lo ou para lhe dar uns tapas.

— Você ganhou a confiança de Poti, que bom! — comentei ao observar o grau de afinidade entre os dois. Tsugumi permaneceu em silêncio. Ao manter-se quieta, ela parecia cumprir o papel de ser uma perfeita prima caçula. Mas, depois de um tempo, ela fez uma careta e destilou seu veneno:

— Deixe de piada! Isso, jamais. Eu me sentiria como um assassino de mulheres que se deixou envolver por uma donzela virgem e se casou com ela.

— Como assim? Você está se referindo ao fato de ganhar a confiança de Poti? — eu sabia que ela se referia a isso, mas, como eu queria que ela falasse mais a respeito, resolvi provocá-la.

— Claro que sim. Sinto calafrios só de pensar na hipótese de eu me tornar amiga de um cão. Objetivamente falando, isso é péssimo.

— Mas por que você acha isso? Por acaso seria timidez? — indaguei, soltando uma risada.

— Deixe de gracinha. Você realmente não me conhece de verdade. Há quanto tempo acha que nos conhecemos, hein? Ponha essa sua cabeça para funcionar — disse Tsugumi, esboçando um sorriso sarcástico.

— Eu sei, só estava brincando — respondi. — Mas também sei que você não desgosta dele, não é?

— Hum. Tem razão. Gosto dele — disse Tsugumi.

O crepúsculo se tingia sobrepondo várias camadas de cor, e tudo parecia flutuar numa vaga densidade, como num sonho. Vez por outra, as ondas se chocavam na superfície do quebra-mar, saltitando e bailando. No céu despontava luminosa a primeira estrela da noite, como uma minúscula lâmpada elétrica branca.

— Saiba que as más pessoas possuem uma filosofia própria. E isso de gostar de Poti vai contra essa filosofia — prosseguiu Tsugumi. — Uma má pessoa que se dá bem com cães... Não tem nenhum mérito.

— Uma má pessoa? — soltei uma risada.

Depois de muito tempo sem me encontrar com Tsugumi, ela parecia ter muitas coisas para me contar e, por isso, não mediu esforços para falar de seus sentimentos. Era um tipo de conversa daquelas que ficavam apenas entre nós. Após o incidente com a caixa de correio assombrada, passei a ser a sua confidente e, apesar de ela me contar coisas que nem sempre estavam de acordo com meu modo de viver, eu conseguia entendê-la.

— Já pensou se a Terra fosse assolada por uma grande crise de fome?

— Fome?! De onde você tirou essa ideia maluca?

— Cale a boca e me ouça. Se um dia acontecer de não existir mais nada para comer, quero ser má o bastante para, tranquilamente, sacrificar Poti e comê-lo. Não uma falsa má pessoa que, depois de matá-lo, vá choramingar pelos cantos, construir um túmulo em sua homenagem para ficar agradecendo e pedindo perdão por tê-lo comido, ou pegar um pedaço de osso para fazer um pingente e carregá-lo pelo resto da vida. Na medida do possível, quero ser uma má pessoa que realmente consiga dizer, sem peso na consciência, "Poti estava uma delícia!", e sorrir com tranquilidade, sem remorso, sem arrependimento. É claro que isso é apenas um exemplo.

A enorme discrepância entre a imagem de Tsugumi, sentada com o pescoço levemente inclinado, os braços finos envolvendo os joelhos, e as palavras que dizia causava tamanha estranheza que soava como algo de outro mundo.

— Eu chamaria de pessoa esquisita, não de má — observei.

— Sim. É aquele tipo inclassificável e imprevisível. Que não consegue se adaptar ao meio em que vive e, sem entender a si próprio nem saber aonde quer chegar, ousa simplesmente seguir em frente, e você fica com a sensação de que, no fim das contas, talvez essa pessoa tenha razão — teorizou Tsugumi, em tom expressivo, fitando o mar enegrecido.

Não era uma questão de narcisismo. Tampouco uma questão estética. No coração de Tsugumi havia um espelho extremamente polido e ela acreditava apenas nas coisas refletidas nele. Ela não procurava sequer questionar o que via.

Era isso.

Mesmo assim, eu, Poti e provavelmente todas as pessoas ao seu redor gostavam dela. Ela sempre nos encantava — independentemente do que nos fizesse ou dissesse, conforme seu humor, e, no caso de Poti, mesmo que um dia ele fosse de fato abatido e devorado. Tsugumi possuía lá em seu íntimo, muito além de seu coração e de suas palavras, uma luz que amparava suas atrocidades. Essa luz, que de tão intensa chegava a provocar tristeza, brilhava como que proveniente de um movimento perpétuo num local em que ela própria desconhecia.

— Escureceu e está esfriando. Vamos embora? — sugeriu Tsugumi e se levantou.

— Tsugumi, que modos são esses? Dá para ver sua calcinha.

— Que é que tem? Deixe de ser cricri.

— Quem devia estar cricri é você.

— Ah é? Então esqueça.

Tsugumi deu uma risada e chamou Poti. Ele veio correndo da ponta do dique, latiu como se estivesse nos contando as suas aventuras e, em seguida, começou a brincar em torno de nós.

— Muito bem, muito bem — disse Tsugumi.

Começamos a caminhar e Poti nos seguia — ora nos alcançando ora ficando para trás —, mas, de repente, algo lhe chamou a atenção e, após levantar o focinho, ele saiu correndo. "O que será?", pensei, e assim que Poti desceu a rampa que ficava do lado oposto do dique, escutamos o seu intenso latido.

— O que será? — corremos em sua direção. Do outro lado do dique havia um pequeno parque à beira-mar e, no bosque de pinheiros, sob uma estátua branca, Poti saltava e latia ao redor de um Lulu da Pomerânia. No começo, Poti parecia querer brincar, abanando o rabo, mas, quando ele, que é grandão, pulou sobre o cãozinho, este tentou se desvencilhar a todo custo e, após soltar um latido agudo, mordeu Poti. Poti ganiu e pulou para trás, ficou sério; em questão de segundos, começaram a brigar.

— Temos que separá-los — disse.

— Pega ele — a voz de Tsugumi sobrepôs-se à minha. Naquele instante, ficou clara a diferença de personalidade entre nós.

Sem outra saída, saí correndo e segurei Poti para separá-lo à força. Enquanto eu o segurava, o cachorrinho mordeu minha perna.

— Ai! — gritei.

— É isso aí! Briguem os três — gritou Tsugumi. Ao olhar para trás, Tsugumi sorria e parecia extasiada de alegria.

Nesse exato momento, alguém gritou:

— Ei, Gongoro, pare com isso! — Um rapaz caminhava em nossa direção.

Foi assim que conhecemos Kyoichi, aquele que se tornaria um amigo com quem compartilharíamos as nossas últimas e boas férias de verão. O nosso encontro se deu na praia, no início da estação, no princípio do anoitecer, com a lua azulada começando a se elevar, um cenário digno de uma de pintura.

A primeira impressão que tive foi achá-lo esquisito. Ele parecia ter a mesma idade que nós. Era alto e magro, mas os ombros e o pescoço eram robustos, o que lhe dava a impressão de ser uma pessoa forte e, ao mesmo tempo, serena. Os cabelos eram curtos e as sobrancelhas lhe conferiam uma expressão séria. À primeira vista, parecia ser um rapaz simpático que combinava com a camisa polo branca que usava, mas o seu olhar era um pouco diferente. O seu jeito de olhar tinha uma profundidade estranha e possuía um brilho de quem conhece algo extremamente importante. Digamos que seus olhos pareciam um tanto envelhecidos.

Ele se aproximou rapidamente do local em que eu estava sentada, cercada pelos latidos dos cachorros que recomeçaram a brigar. De imediato, ele pegou Gongoro no colo, que continuava a latir, e indagou:

— Você se machucou? — disse, mantendo as costas eretas.

Eu, que até então segurava Poti, finalmente pude soltá-lo para me levantar.

— Estou bem, obrigada — respondi. — Foi o nosso cachorro que se meteu com o seu. Queira nos desculpar.

— Não por isso. Este aqui tem pavio curto e, para piorar, não tem medo de nada — respondeu o rapaz e sorriu. E, voltando-se para Tsugumi, perguntou:

— Você está bem?

Em fração de segundos, Tsugumi mudou de personalidade:

— Sim — respondeu, e sorriu.

— Então, até mais — disse ele e, com o cachorro no colo, caminhou em direção à praia.

Já era noite. Foi como se a noite tivesse irrompido nesse curto espaço de tempo. Poti olhava para nós e, com o nariz a fungar ruidosamente, parecia demonstrar descontentamento.

— Vamos embora — disse Tsugumi e, com passos lentos, começamos a caminhar.

Na estrada noturna ocultava-se, aqui e ali, as sombras do verão. A energia e o sereno do anoitecer tinham algo de adocicado e o aroma da brisa revelava o extremo vigor com que a noite alegremente se coloria. As pessoas que encontrávamos no caminho também estavam animadas e felizes.

— Vamos chegar em casa bem na hora de Yoko trazer os bolos — comentei, esquecendo-me por completo do que acabara de acontecer.

— Façam o que quiserem. Vocês sabem muito bem que detesto os bolos daquele lugar — respondeu Tsugumi. Como ela parecia estar distraída, perguntei em tom de brincadeira:

— Você ficou de olho naquele rapaz, não é? — indaguei.

Tsugumi, no entanto, respondeu bem baixinho, sem se perturbar:

— Ele não é um cara qualquer, não mesmo.

Teria sido intuição?

— Como assim? — perguntei-lhe repetidas vezes, já que eu não havia reparado em nada especial, mas, apesar da insistência, Tsugumi se calou, concentrada apenas em caminhar lentamente pela estrada noturna em companhia de Poti.

Graças à noite

De vez em quando, temos uma noite estranha. Uma noite em que o espaço se desloca de modo a nos revelar tudo. O som do tique-taque do relógio de parede que se acentua quando não consigo dormir e a luz do luar refletida no teto continuam a reinar na escuridão, como na época em que eu ainda era pequena. "A noite é eterna." Antigamente, ela parecia muito mais longa. Sinto um leve aroma de algo desconhecido. Tão sutil que me parece doce. Acho que é o aroma da separação.

Há uma lembrança de uma dessas noites que jamais esquecerei.

Quando eu estava no último ano do primário, Tsugumi, Yoko e eu estávamos fissuradas em um seriado de TV, a ponto de nossa paixão se tornar doentia. Era a aventura de um protagonista em busca de sua irmã caçula e, naquela ocasião, até Tsugumi, que nunca se interessava por programas do tipo "engana criancinhas", juntou-se a nós e passou a assisti-lo assiduamente. O engraçado é que as impressões que ficaram daquele seriado são vagas e o que restou dele em minha memória foi um sentimento de grande euforia. As únicas coisas que consigo recordar vivamente são a claridade do quarto em que assistíamos à TV, o gosto do Calpis⁶ que bebíamos naquela ocasião e o vento morno que o ventilador fazia circular. Toda semana aguardávamos ansiosas o seriado, mas, numa certa noite, assistimos a seu último capítulo.

Durante o jantar, ficamos em silêncio. Tia Massako comentou:

— Aquilo que vocês adoravam assistir terminou hoje, não é?

— e pôs-se a rir, no que Tsugumi, sempre agressiva, rebateu:

— Não enche o saco.

Daquela vez, como eu e Yoko também estávamos abaladas com o fim do programa, a resposta de Tsugumi foi aprovada por nós, ainda que não fôssemos do tipo malcriadas. Isso era uma prova cabal do nosso fanatismo.

Durante a noite, debaixo das cobertas, senti uma imensa tristeza, como se eu estivesse me despedindo de uma criança que existia dentro de mim. Sozinha no quarto, olhei para o teto e, sentindo o toque dos lençóis ásperos, percebi que naquele momento germinava a dor da despedida. Uma dor que, comparada com a que eu sentiria anos depois, ainda era minúscula e nascente, um broto ainda verde de halo brilhante. Como eu não conseguia dormir, resolvi sair do quarto. O corredor estava escuro e silencioso e, como de praxe, o relógio de parede marcava ostensivamente as horas num ruidoso tiquetaquear. A brancura da porta de papel corrediça pairava vaga e silenciosa na escuridão, fazendo-me sentir pequenina. Lembrei-me de algumas cenas daquele seriado que eu tanto amava e que, durante algum tempo, fora o centro da minha vida. Sem poder recuar para o quarto diante da quietude daquela noite, desci as escadas descalça e fui até o quintal para respirar o ar noturno.

---

6 Marca de bebida láctea fermentada e pasteurizada. [N.T.]

Tsugumi

A luz do luar iluminava o quintal, e as árvores firmemente plantadas no solo erguiam-se contendo a respiração.

— Maria! — de súbito, Yoko me chamou. Não sei por que, mas não fiquei nem um pouco assustada. Yoko estava de pijama, em pé no quintal. Sob a tênue claridade da lua, ela cochichou:

— Não consegue dormir?

— É — respondi igualmente em tom de cochicho.

— Nem eu — respondeu Yoko. Seu cabelo comprido estava preso em tranças e, de cócoras, resvalava delicadamente nos contornos de uma ipomeia.

— Vamos caminhar um pouco? — sugeri.

— Será que levaremos uma bronca se nos pegarem? Você saiu de fininho?

— Sim. Não se preocupe.

Ouvimos um leve rangido ao abrirmos a portinhola e de imediato sentimos que na escuridão o aroma de maresia era ainda mais intenso.

— Finalmente podemos falar alto.

— É mesmo. Que noite agradável!

Yoko estava de pijama, eu de quimono e sandálias sem meia, mas, mesmo assim, seguimos em direção à praia. A lua estava alta. Caminhamos pela estrada que levava ao cume da montanha e, durante o trajeto, passamos pelos barcos de pesca que dormiam enfileirados como cadáveres anônimos. Não parecia a cidade que conhecíamos. Era como se estivéssemos num local irreconhecível, distante do nosso cotidiano. Yoko disse:

— Veja! Encontrei minha irmã.

Comecei a rir, pensando que era uma alusão ao seriado da TV, mas a seguir entendi o que ela quis dizer. Tsugumi estava sentada de cócoras bem na bifurcação da estrada, olhando para o mar.

— Ah! São vocês? — disse Tsugumi, com uma naturalidade de quem não estava nem um pouco surpresa. Era como se tivéssemos marcado um encontro. De costas para o mar, ela se levantou na escuridão.

— Tsugumi, você está descalça? — perguntou Yoko, tirando suas meias e entregando-as para ela. Assim que as pegou, Tsugumi colocou-as nas mãos e perguntou se era assim que se usava, mas como nós ignoramos esse comentário, ela tratou de calçá-las rapidamente em seus pés magros e começou a caminhar.

Caminhávamos sob a luz do luar.

— Vamos dar uma volta no porto e voltar? — sugeriu Yoko.

— Vamos, sim. E que tal beber uma coca antes de voltar? — sugeri. Tsugumi respondeu:

— Façam o que quiserem.

— Por quê? O que você quer fazer? — perguntei.

Tsugumi respondeu sem olhar para mim:

— Vou caminhar.

— Até onde?

— Até a praia vizinha, além das montanhas.

— Não é perigoso? — indagou Yoko. — Se bem que eu gostaria de ir.

A estrada da montanha não tinha vivalma e parecia uma caverna escura. A luz do luar se ocultava na parte alta do desfiladeiro e tínhamos dificuldade de enxergar o chão. Diante disso, eu e Yoko demos as mãos e continuamos a andar como se estivéssemos apalpando o caminho com os pés. Tsugumi caminhava sozinha, com passos ligeiros, ao nosso lado.

Lembro-me que seus passos eram tão firmes que ela nem parecia estar andando no escuro. E a escuridão era assustadora. A princípio, resolvemos caminhar por estarmos tristes com o término do seriado que passara na TV, mas, no fim das contas, esquecemos isso e, com o coração palpitante, caminhamos pelo desfiladeiro no meio da noite escutando o chacoalhar das árvores do pequeno bosque ao sabor dos ventos. Ao descer rapidamente a montanha, vimos a vila dos pescadores em plena madrugada e, enfim, avistamos a praia.

A praia rochosa era circundada por casas que pareciam almas penadas. A bandeira hasteada no mar aberto balançava em movimentos vigorosos acompanhando o barulho das ondas. O vento frio gelava as nossas bochechas quentes. Compramos três cocas. O som da máquina automática de bebidas em plena madrugada parecia tornar a praia escura ainda mais assustadora. O mar negro se agitou vagamente diante de nós. Ao longe, as lâmpadas da nossa cidade tremeluziam indistintas.

— Parece que estamos em outro mundo — observou Tsugumi. Meneamos a cabeça concordando.

Por fim, voltamos pelo mesmo caminho e, ao chegarmos exaustas à Pousada Yamamoto, nos demos "boa-noite" e fomos dormir cada uma em seu quarto. Dormimos como pedras.

O pior foi no dia seguinte. Eu e Yoko estávamos tão cansadas que, durante o café da manhã, permanecemos em total silêncio. Coçando os olhos sonolentos, nos concentramos em comer. Nem parecíamos as mesmas pessoas que, na noite anterior, estavam tão animadas. Tsugumi nem sequer apareceu para tomar café.

Eu sabia.

Eu sabia que, naquela noite, Tsugumi pegara na praia uma pedra branca que guardou num canto de sua estante de livros e que ainda hoje deve estar lá. Não sei o que ela pensou. Tampouco sei que tipo de sentimento ela havia depositado naquela pedra. Talvez não tivesse nada de especial, ou quem sabe ela ficara com a pedra por mero capricho. Mas, seja como for, quando estou para esquecer que Tsugumi é um "ser vivo", lembro-me daquela noite em que a pequena Tsugumi saiu descalça para caminhar, e uma serena melancolia me invade o coração.

Não sei por que me vieram à mente os fatos daquela noite. Quando olhei para o relógio, vi que eram quase duas horas da madrugada. Os pensamentos que nos assolam quando não conseguimos dormir são meio esquisitos. Eles vagam pela escuridão e nos levam a inúmeras conclusões, efêmeras como bolhas. De repente lembrei que, desde aquela noite, em algum momento, eu havia crescido, não morava mais naquela cidade e frequentava uma faculdade em Tóquio. Era uma sensação muito esquisita. Minha mão estendida na escuridão parecia um corpo estranho.

Foi então que, de súbito, a porta se abriu:

— Ei, acorde! — conclamou Tsugumi. O susto fez meu coração disparar e, até voltar ao ritmo normal, levou um bom tempo. Somente após me tranquilizar consegui responder:

— O que você quer?

Tsugumi entrou no quarto sem cerimônias e ficou agachada ao lado do meu travesseiro:

— Não consigo dormir.

Eu estava dormindo no quarto ao lado e, felizmente, até então aquilo nunca havia acontecido. Levantei sem muito ânimo e, mau humorada, respondi:

— Não tenho culpa que você não consegue dormir.

— Não diga isso. O fato de não conseguir dormir pode ser uma coincidência boa. Vamos nos divertir? — Tsugumi deu uma risada. Apenas nessas horas ela costumava agir de modo gentil. Lembrei-me das vezes que ela me acordava aos tapas, pisava nos meus braços e nas minhas pernas, e pegava, sem me consultar, meus dicionários de dentro da gaveta da carteira da escola, enquanto eu estava na aula de educação física. A desculpa era a de que ela não trouxera os dicionários por serem "pesados" demais para ela. De repente, fui surpreendida por um turbilhão de cenas que invadiram minha mente em flashes. Eu havia me esquecido de que minha relação com ela não fora, de modo algum, repleta de diversão.

— Estou com sono — disse. Quis resistir um pouco como costumava fazer antigamente. Mas Tsugumi era daquelas pessoas que nunca davam ouvidos ao que os outros lhe diziam.

— Então, hoje não está parecendo com aquele dia? — disse Tsugumi com um olhar de contentamento.

— Qual?

— Aquele dia, lembra? Quando nós três fomos até a cidade vizinha, como completas idiotas. Foi nessa mesma época. A mesma estação do ano. Naquela noite, nós não conseguíamos dormir. Yoko dormia como pedra, mas aquela lá não tem esse tipo de sensibilidade.

— E pensar que eu estava prestes a pegar no sono.

— Azar o seu. Quem mandou dormir no quarto do lado?

— Pois é — disse e suspirei, mas o fato é que eu estava de bom humor. "Que estranho", pensei. Era como uma espécie de telepatia que, atravessando a noite, fez com que nós duas pensássemos a mesma coisa. Às vezes a noite usa dessas pequenas artimanhas. O ar atravessa lentamente a escuridão e, num local bem longínquo, encontra alguém com o mesmo estado de espírito formando uma estrela cadente que cai em suas mãos fazendo-o despertar. As duas pessoas sonham o mesmo sonho. Isso tudo ocorre durante a noite e é uma sensação única. Na manhã seguinte, o que ocorreu se torna ambíguo e se confunde com a luz. Esse tipo de noite é longa. É eterna e brilhante como uma pedra preciosa.

— Então, vamos caminhar? — perguntei.

— Acho que não estou em condições para tanto... — respondeu Tsugumi.

— O que você quer fazer?

— Você acha que eu tive tempo de pensar em algo antes de vir aqui te acordar?

— Teria sido razoável, não acha?

— Está bem. Que tal pegar umas bebidas no seu frigobar e ir para o terraço da lavanderia? Posso me contentar com isso — disse Tsugumi. Levantei-me e fiz o que ela sugeriu. Como era um quarto para hóspedes, o frigobar estava cheio de bebidas. Peguei uma cerveja e joguei uma lata de suco de laranja para ela. Ela não podia tomar uma gota sequer de álcool. Se o fizesse, acabava vomitando por toda parte e, assim, ninguém lhe oferecia bebidas alcoólicas.

Como costumávamos fazer em outros tempos, andamos pelo corredor contendo a respiração e abrimos a porta da lavanderia. Durante o dia, os varais ficavam cheios de toalhas como nos comerciais de sabão em pó, mas à noite havia somente os varais vazios. Por entre os grossos cabos, viam-se as estrelas. Os varais se estendiam na direção das montanhas pesarosas e seus contornos verdejantes pareciam estar bem próximos de nós.

Bebi a cerveja. De tão gelada, senti o líquido penetrar no fundo do meu peito. O frio parecia se condensar com a noite.

Tsugumi também bebeu o suco.

— Por que será que tudo que bebemos de noite ao ar livre desce tão bem? — murmurou Tsugumi.

— Você sabe valorizar esse tipo de coisa, não é? — disse.

— Não mesmo — respondeu Tsugumi, sem sequer perguntar o porquê de meu comentário.

Não era uma questão de emoção. Era uma questão de sensibilidade. Após manter-se em silêncio durante um tempo, Tsugumi observou:

— Sou uma pessoa que só de raiva é capaz de arrancar a última folha de uma árvore, mas sempre me lembrarei de sua beleza. É isso que você quis dizer?

Confesso que suas palavras me surpreenderam:

— Tsugumi, ultimamente você está conversando como um ser humano, não acha? — indaguei.

— Acho que é porque estou para morrer — disse ela, rindo.

"Não é isso. Acho que é graças à noite."

Em noites como aquela, quando o ar está límpido, as pessoas ficam propensas a abrir o coração. Expõem seus sentimentos à pessoa que está ao lado sem querer, como se fossem ouvidas tão somente por longínquas estrelas reluzentes. Guardo diversos arquivos das "noites de verão" em muitas lembranças. Assim como aquela cena da infância, de quando nós três fomos caminhar, essa noite também será arquivada. Só de pensar que, enquanto eu for viva, terei a oportunidade de algum dia sentir mais uma vez o que senti naquela ocasião, tenho esperanças no futuro. Esperanças de viver uma noite linda como essa. E de estar diante de uma atmosfera envolta por montanhas e pelo mar. Sentir o delicioso aroma dos ventos sobre a cidade. Ainda que eu não possa voltar a ter momentos como aquele, apenas a possibilidade de algum dia, casualmente, reviver uma noite de verão como essa já se mostra maravilhosa.

Após beber o suco, Tsugumi se levantou fazendo barulho e foi até a grade de ferro para olhar a estrada que passava embaixo.

— Não tem ninguém — comentou Tsugumi.

— Aquela construção, o que vai ser? — perguntei.

Uma construção enorme, no pé da montanha, despontava suas armações de ferro e aquilo me chamou a atenção. Era um edifício que se destacava na cidade escura.

— Aquilo? Um hotel — respondeu Tsugumi voltando-se para mim.

— Aquela coisa enorme vai virar um hotel?

— Isso mesmo. Acho que um dos motivos de fecharmos a pousada é justamente por causa dele. Não estou nem aí com o que vai acontecer conosco, mas creio que é uma questão de vida ou morte. Ainda bem que meu pai está animado em poder realizar o sonho dele de abrir uma pensão. Mas já pensou se ela for mal administrada e não der certo? Seria muito triste quando encontrassem os esqueletos de quatro pessoas, a família que se suicidou em conjunto no meio da montanha. Que tragédia!

— Não se preocupe, virei todos os anos. Se um dia eu me casar, vou fazer a festa de casamento na pensão.

— Se você tem tempo de ficar falando essas bobagens, que tal trazer suas amigas da faculdade? Por aqui, não há esse tipo de gente.

— Tem Yoko.

— Aquela lá não vale. Estou falando de pessoas animadas. Aquelas que você sabe que eu só conheço pela TV. Quero analisá-las e falar mal delas — disse Tsugumi arrastando as sandálias. Era realmente muito triste constatar que, durante toda a sua vida, Tsugumi quase não saiu da cidade a não ser para ir ao hospital.

— Venha passear em Tóquio — sugeri ao me levantar e me aproximar de Tsugumi para olhar lá embaixo. Vi que a estrada estava escura e silenciosa.

— Hum. Sinto-me como aquela amiga com deficiência na perna. Aquela que é amiga de Heidi, a menina dos Alpes — disse Tsugumi, rindo discretamente.

— Hoje o assunto girou em torno de clássicos da literatura, não é? — disse rindo. De repente, vi um cachorro que me era familiar correndo na rua em frente à pousada. As patinhas movimentavam-se ligeiras.

— Olha! Aquele cachorro não é Gon'nosuke? Não, não era esse o nome. Era... Como era mesmo o nome dele?

Tsugumi se debruçou para vê-lo e gritou:

— É Gongoro — sua voz ecoou pela estrada noturna. Ao longe, Poti acordou e era possível escutar o barulho da correia sendo arrastada de um lado para outro. Havia tempos eu não a via agir daquela maneira e aquilo me surpreendeu.

Será que o pequeno Gongoro captara o pensamento dela?

Ele andava pela estrada escura, olhando de um lado para outro, procurando descobrir de onde o haviam chamado. Achei tão engraçado que comecei a rir e, quando gritei seu nome, "Gongoro", ele nos achou e, olhando para cima, começou a latir.

— Quem é? — por um momento, pensei que ele havia respondido. De repente, aquele rapaz que encontramos outro dia surgiu sob a iluminação da lâmpada, como se fosse o alvo de um holofote. Ele estava bem mais bronzeado que da última vez que o vimos e sua camiseta preta se incorporava à escuridão.

— Ah! São vocês!

— Que bom, Tsugumi. Vocês se reencontraram — disse bem baixinho.

— Sim, já notei — disse Tsugumi e, olhando para baixo, gritou: — Ei, você, como se chama? Qual é o seu nome?

O rapaz pegou Gongoro no colo e, olhando para nós, respondeu:

— Kyoichi. E vocês?

— Eu sou Tsugumi e esta é Maria. Você é filho de quem?

— Ainda não me mudei para cá, mas vou morar ali — e apontou o dedo em direção à montanha. — Aquele hotel que estão construindo vai ser minha casa.

— O quê? Você é filho de uma das empregadas? — Tsugumi começou a rir. Seu riso era tão intenso que iluminou a noite.

— Nada disso. Sou filho do dono. Meus pais gostam tanto desta cidade que resolveram morar aqui. Minha faculdade fica na cidade M. e, por isso, pretendo morar aqui e frequentar a escola.

A noite subitamente aproxima as pessoas. Ele abriu um sorriso demonstrando confiar em nós.

— Você costuma passear com o cachorro durante a noite? — perguntei.

— Não mesmo. É que hoje, não sei por que, não conseguia dormir. Acordei Gongoro na marra para vir passear comigo — disse ele, pondo-se a rir.

A intuição de que nós três nos tornaríamos amigos brotou naturalmente, como uma agradável premonição. Isso é algo que as pessoas logo percebem. Basta conversar um pouco para que todos fiquem com a mesma convicção. É assim que nascem as amizades mais duradouras.

— Pois então, Kyoichi — disse Tsugumi arregalando os seus grandes olhos como se fossem saltar das órbitas —, eu estava mesmo querendo me encontrar com você. Podemos nos ver de novo?

Foi uma surpresa ouvir isso, mas creio que a surpresa foi maior para o rapaz. Tanto que só após um longo silêncio ele respondeu:

— Sim. Vou ficar na cidade durante o verão. Você vai me ver passeando por aí com Gongoro. Estou hospedado na Pousada Nakahama. Você sabe onde fica?

— Sei.

— Se quiser, venha me visitar. Meu sobrenome é Takeuchi.

— Certo — assentiu Tsugumi balançando a cabeça.

— Tchau.

— Boa noite.

O entusiasmo de Tsugumi agitou a escuridão, mas assim que ele seguiu pela estrada escura, de súbito esse sentimento começou a se esvair. Foi um encontro inusitado. Ele apareceu de repente e novamente partiu.

— Tsugumi, você realmente gosta dele, não é?

Comecei a rir na noite que gradativamente escurecia e se adensava.

— Por enquanto, sim — respondeu Tsugumi, suspirando.

— Você estava muito estranha. Notou?

— Como assim?

— Você falou com ele exatamente do jeito que costuma falar. Eu logo percebi, mas fiquei quieta. Ela sempre fingia ser uma moça educada diante dos homens, mas, daquela vez, ela se portara com seu tom vulgar habitual, o que me soou muito engraçado.

— Ah, não — gemeu Tsugumi.

— O que foi?

— Eu nem percebi. Que vacilo! Ele vai pensar que sou a líder das garotas desbocadas da escola. Aaah, que coisa! — lamentou Tsugumi

— Deixa estar... foi engraçado — disse.

Ao sentir a brisa noturna soprar em seu rosto, Tsugumi franziu as sobrancelhas e, olhando para a frente, disse:

— Paciência. Deve ser graças à noite.

Revelação

Naquele dia, chovia desde a manhã. As chuvas de verão carregam consigo o cheiro de maresia. Eu estava entediada e, por isso, resolvi ficar enfurnada no quarto para ler.

Tsugumi estava acamada havia alguns dias, com dor de cabeça e febre, provavelmente em consequência daquela nossa noitada. Há pouco, quando lhe levei o almoço, ela gemia debaixo do cobertor. Eu, que estava acostumada a vê-la assim e até certo ponto sentia saudades daquela cena, disse em voz alta:

— Vou deixar a sua comida aqui, está bem? — coloquei a bandeja ao lado de sua cabeceira e, ao me retirar do quarto, arrisquei comentar: — Tsugumi, por acaso você está com paixonite aguda?

Sem responder, ela esticou o braço e lançou a pequena bacia com água em minha direção.

"Bem, pelo menos para fazer esse tipo de coisa, ela está bem", pensei.

A bacia bateu em cheio na coluna ao lado da porta corrediça de papel e caiu sobre o tatame. Graças a isso, voltei ao meu quarto com os cabelos levemente úmidos, deitei-me esparramando-os sobre o tatame e os deixei secar naturalmente.

Da janela, avistava-se ao longe o mar agitado e impaciente que, de tão densamente acinzentado, provocava medo. O céu e o mar despontavam do outro lado como que filtrados pela névoa. Em dias assim, Poti ficava resignado dentro de sua casinha, sentindo o cheiro de terra molhada e olhando a chuva cair. Havia algum tempo, ecoavam do andar de baixo as vozes dos banhistas impossibilitados de passear na praia e o barulho de passos agitados entrando e saindo dos quartos. Sempre foi assim. Em dias de chuva, os hóspedes desta enorme pousada tinham tempo de sobra. Era muito provável que muitos deles estivessem aglomerados em torno da ampla TV que ficava na entrada, ou ao redor das antigas máquinas de jogos eletrônicos.

A leitura avançou rápido nos intervalos em que os meus pensamentos não eram dominados pela preguiça. As gotas de chuva que escorriam no vidro da janela como estrelas cadentes eram imagens que se repetiam inúmeras vezes em minha tela mental.

E, de repente, fui tomada por um pensamento.

"Será que Tsugumi vai piorar e morrer?"

Esse tipo de receio sempre existiu em mim desde quando eu era bem pequena e a saúde dela era ainda mais debilitada que atualmente. Era, portanto, um pensamento recorrente que surgia de vez em quando, de uma hora para outra. Em dias de chuva, o passado e o futuro se fundem silenciosamente e passam a gravitar em torno de nós.

Foi bem nesse momento que uma gota de lágrima caiu sobre a página do livro. E no instante seguinte foi sucedida por muitas outras.

Ao ser surpreendida pelo barulho das gotas de chuva caindo sobre o beiral, tratei de enxugar as lágrimas como quem diz: "Afinal de contas, o que deu em você, Maria?" Então reprimi esses pensamentos e prossegui a leitura.

Às três da tarde eu já havia lido tudo que tinha em mãos. Tsugumi continuava deitada, e como Yoko havia saído e nada de bom passava na TV, fiquei tão entediada que resolvi dar uma passada na livraria. Tsugumi escutou o barulho da minha porta corrediça se abrir e perguntou lá de dentro de seu quarto que estava com a porta fechada:

— Onde é que você vai, hein?

— Vou até a livraria. Quer que eu te traga alguma coisa? — perguntei.

— Suco de maçã. Aquele que é 100% natural — pediu Tsugumi com a voz rouca. Ela devia estar bem febril.

— Pode deixar.

— Ah! Traga também melão. E sushi, e também...

A lista parecia não ter fim. Eu simplesmente ignorei os seus pedidos e desci as escadas.

Tenho a impressão de que a chuva nas cidades litorâneas é bem silenciosa. Será que é porque o mar absorve o seu som? Uma das coisas que me surpreenderam ao me mudar para Tóquio foi o barulho extremamente intenso da chuva.

Ao caminhar pela estrada à beira-mar, era estranho ver as areias da praia, enegrecidas com a chuva, repousarem silenciosas como em um cemitério. A chuva caía no mar, desfazendo-se no bramido das ondas e formando inúmeras e infindáveis ondulações.

Como era de se esperar, a maior livraria da cidade estava apinhada de gente. Não era por menos, pois num dia chuvoso como aquele, era natural que os turistas dessem uma passada na livraria para matar o tempo. Após uma rápida olhada nas estantes, descobri que as revistas que eu procurava já tinham sido vendidas.

Como não havia outra opção, resolvi passar os olhos na estante de edições antigas quando, de repente, encontrei Kyoichi na prateleira dos fundos lendo atentamente uma revista em pé. "Que coincidência!", pensei, e me aproximei dele:

— Hoje você não trouxe o seu cãozinho?

— Olá! — disse ele sorrindo. — Como está chovendo, achei melhor não trazê-lo — respondeu.

— Se você não mora aqui, como você consegue cuidar do cão?

— Os donos da pousada me deixam prendê-lo no quintal dos fundos. Como estou hospedado há um certo tempo, nos tornamos bons amigos e, de vez em quando, até ajudo a arrumar as camas. Mas como não posso dizer quem sou, me sinto como um espião. É uma sensação muito esquisita.

— Imagino — concordei. Em breve, ele será conhecido como o filho do dono daquele enorme hotel que está sendo construído no sopé da montanha e, nesse sentido, todos os proprietários de pousadas da região estão, de certo modo, apreensivos com as circunstâncias. Pensando bem, ele também vai enfrentar um verão muito difícil.

— E Tsugumi? Cadê ela? — indagou ele.

Depois, ao recordar o jeito de ele pronunciar corretamente "Tsugumi", fiquei comovida por alguns instantes por intuir a possibilidade de Tsugumi ser feliz no amor. Fitei as gotas de chuva caindo da ponta do beiral de telhas transparentes e respondi:

— Tsugumi está de cama. Pode não parecer, mas ela tem uma saúde muito fraca. Será que você não gostaria de lhe fazer uma visita? Ela vai ficar muito contente.

— Se não for contagioso, gostaria de visitá-la — respondeu ele e prosseguiu: — Bem que eu achei que ela estava muito magra e pálida. Ela é uma garota divertida, não é? Não sei explicar direito. Mas, naquele instante, cercado pelo barulho da chuva que lentamente se abatia sobre a cidade, tive a certeza de que aquele rapaz e Tsugumi dariam certo.

Desde que passei a morar em Tóquio na primavera e comecei a frequentar a faculdade, conheci vários casais de namorados (do jeito que estou falando, até parece que sou uma tremenda provinciana). Eu conseguia perceber com clareza a razão de eles estarem juntos. À primeira vista, um casal pode até parecer incompatível, mas, após uma longa convivência, descobrimos a existência de pontos em comum como, por exemplo, o fato de serem fisicamente parecidos ou de possuírem um estilo de vida ou de vestimenta muito semelhante. Mas, naquele dia, logo percebi que entre Tsugumi e Kyoichi existia algo muito mais forte, muito mais poderoso. *Quando ele disse o nome dela, em meu íntimo, de cara vislumbrei a imagem dos dois juntinhos, com uma luz a cintilar em torno deles.* Percebi que o interesse recíproco entre eles acabou com a sensação de enfado daquela tarde chuvosa. Eu confiava em minha intuição. Esse sentimento que percebi existir entre os dois é o que se pode chamar de destino ou o sinal de um grande amor.

Foi o que pensei, comigo mesma, ao caminhar pela rua acinzentada e enevoada que refletia as sete cores do arco-íris no asfalto molhado.

— Espere um pouco. Já que se trata de uma visita de solidariedade a alguém que está doente, acho melhor comprar alguma coisa para levar, não é? Do que ela gosta?

A pergunta foi tão inesperada que não pude conter o riso.

— Ela gosta de qualquer coisa, mas me pediu suco de maçã, melão e sushi.

— Hum... Essa combinação não me parece boa — disse ele e inclinou a cabeça.

Isso deve ser o que as pessoas costumam considerar como "fazer por merecer", pensei e continuei a rir.

— Tsugumi, visita para você — anunciei abrindo delicadamente a porta corrediça, imaginando o espanto em seu olhar e o seu jeito de tentar disfarçá-lo.

Mas ela não estava no quarto.

As luzes estavam acesas e o futon estava levantado, do mesmo jeito que Tsugumi deixara ao sair da cama. Fiquei sem ação. Por mais que ela costumasse aprontar, convenhamos que ela estava com quase 39 graus de febre.

— Ela não está... — murmurei.

— Mas você disse que ela estava ultradoente, não? — indagou Kyoichi, franzindo as sobrancelhas. Era uma maneira estranha de dizer aquilo.

— Sim, em tese, mas... — comecei a dizer hesitante. — Espere aqui um pouquinho, que vou dar uma olhada lá embaixo.

Desci correndo as escadas e fui até a sapateira que ficava na entrada da pousada. Procurei a sandália de praia que ela costumava usar. Ao constatar que a sandália de flores brancas estava junto com os demais calçados dos hóspedes, fiquei tranquila. Tia Massako, que passava pelo corredor, aproximou-se e indagou:

— Aconteceu alguma coisa?

— Tsugumi não está no quarto.

— O quê? — minha tia arregalou os olhos. — Mas ela

está com muita febre. O médico esteve aqui agora há pouco e aplicou-lhe uma injeção. Será que a febre baixou e ela se sentiu melhor?

— Deve ter sido isso.

— Mas eu estava aqui na recepção e não vi ninguém sair depois de você. Ela deve estar em algum lugar da pousada... Seja como for, vamos procurá-la — conclamou minha tia com um tom de voz que denotava preocupação.

— O que será que ela está aprontando desta vez? — disse e suspirei.

Pedimos para que Kyoichi olhasse nas redondezas enquanto eu e minha tia ficamos de procurá-la na pousada. Fui até a edícula e também na área onde ficavam as máquinas de venda automática. Procurei também no quarto de Yoko. Nada. Nem sinal de Tsugumi. De tanto andar de um lado para outro nos corredores escuros e cheios de portas enfileiradas da pequena pousada, tendo como música de fundo o barulho da chuva, comecei a me sentir desolada, como se estivesse perdida num labirinto. Enquanto dávamos voltas e mais voltas sob a luz da lâmpada fluorescente, de repente eu e minha tia começamos a nos sentir impotentes. Lembro que, toda vez que acontecia algo assim, mais do que preocupação ou raiva, eu sentia impotência. Impotência ao constatar que a chama da vida daquela insolente e arrogante Tsugumi, na verdade, sempre esteve numa condição tristemente precária.

Tsugumi adoecia quando brincava de balanço, quando passava metade do dia nadando na praia, quando dormia mal por assistir filme até de madrugada e até quando esfriava um pouco e ela não estava agasalhada. Adoecia e ficava fraca. O que a faz parecer saudável é a sua força interior que bravamente resiste às limitações de seu corpo debilitado. De fato, em dias de chuva como aquele, a mente se distrai, fazendo ressurgir com vivacidade as lembranças do passado. A coloração daquela atmosfera aparentemente emotiva parecia refletir no vidro escuro da janela. O peso da porta fechada refletido em meus olhos infantis. As palavras de minha mãe dizendo: "Tsugumi está correndo sérios riscos. Não faça barulho, está bem?" Yoko com os olhos marejados e suas tranças compridas. Quando eu era criança, isso era algo que de fato acontecia com frequência.

— Ela não está... — eu e minha tia dissemos ao mesmo tempo assim que chegamos em frente ao quarto dela, suspirando mais uma vez.

— Na vizinhança também não — completou Kyoichi, subindo as escadas. Seu cabelo estava úmido por ter saído sem guarda-chuva.

— Nossa, como você se molhou! Sinto muito fazer você passar por isso — disse tia Massako sem saber quem ele era. Estava dando tudo errado.

— Será que ela foi longe? — indaguei e, com o intuito de checar lá fora, fui em direção à lavanderia; então, do caixilho de madeira da imensa janela, olhei para a área dos varais.

Foi então que descobri seu paradeiro.

— Ela está aqui — indiquei para minha tia num tom de voz desanimado enquanto abria a janela. Por incrível que pareça, Tsugumi estava agachada e escondida no vão entre o piso da área dos varais e o telhado do segundo pavimento. Por entre as tábuas dos telhados, ela olhou para mim e, mantendo-se de cócoras, disse:

— Ah! Você me achou.

— Como assim?! O que pensa que está fazendo? — bufei profundamente abalada. Não conseguia entender o porquê de ela ter feito aquilo.

— Você está descalça nesse lugar gelado... Vamos, venha logo para cá. Desse jeito, a febre vai voltar — disse minha tia com uma expressão de evidente alívio. Ela estendeu o braço e puxou Tsugumi para cima.

— Vou pegar uma toalha. Enquanto isso, fique debaixo das cobertas, entendeu?

Assim que tia Massako desceu as escadas, indaguei:

— Tsugumi, por que você estava naquele lugar?

Quando brincávamos de esconde-esconde, aquele era o local onde ela gostava de se esconder. Mas naquele momento, não era hora de brincar. Obviamente, isso estava fora de cogitação.

— Ah, dá um tempo — respondeu Tsugumi que, devido à febre, estava num estado de euforia e propensa a rir. — Você trouxe Kyoichi para me dar um susto, mas assim que eu te vi da janela, chegando toda confiante para me pregar uma peça, resolvi te dar o troco.

— Sua mãe é bem legal, não é? — comentou Kyoichi. Para não incomodar, ele disse que já estava na hora de ir embora, mas minha tia, Tsugumi e eu insistimos para que ele ficasse conosco para uma xícara de chá. — Ela nem estressou com você.

— É que o amor dela pela filha é mais profundo que o mar — explicou Tsugumi. "Que mentira", pensei. A serenidade de minha tia decorre do simples fato de estar acostumada a sofrer nas mãos de Tsugumi. Mas, com o tempo, Kyoichi descobriria isso por si mesmo e, sendo assim, resolvi beber meu chá em silêncio. Além do que, eu não queria meter a colher, pois o olhar de Kyoichi era de compaixão para com Tsugumi, como se ela fosse um gatinho moribundo. Mas admito que, apesar de falar desse jeito, no fundo eu também estava preocupada com a saúde dela, pois sua aparência era de sofrimento. Tinha olheiras, a respiração estava ofegante e os lábios, empalidecidos. Os cabelos finos e úmidos estavam grudados na testa, e os olhos e as bochechas tinham um brilho febril.

— Bem, agora tenho que ir. Até mais. Pare com essas brincadeiras bobas, tente dormir quietinha e vê se sara logo, está bem? — disse Kyoichi e se levantou.

— Espere — pediu Tsugumi, segurando meu braço com a mão extremamente quente. — Maria, não o deixe ir — implorou com voz rouca.

— Fique mais um pouco... — disse olhando para Kyoichi.

— O que foi? — ele se voltou para o lado da cabeceira.

— Me conte uma história — pediu Tsugumi num tom de voz sério. — É que, desde criança, só consigo dormir se escuto uma história nova.

"Que mentira", pensei outra vez. Mas as palavras "história nova" me soaram belas. Eram bonitinhas e causavam um efeito agradável.

— Hum. Uma história... Ah! Já sei. Vou te contar a história da toalha para você conseguir dormir — disse Kyoichi.

— Toalha? — indaguei. Tsugumi também demonstrou surpresa.

Kyoichi prosseguiu:

— Quando eu era criança, tinha problemas no coração. Antes de me submeter à cirurgia, precisei esperar meu corpo adquirir resistência. É claro que já me operaram e hoje estou ótimo, por isso raramente costumo me lembrar daquela época, mas toda vez que eu me deparo com algum problema ou fico triste, lembro da toalha... Eu era uma criança que literalmente só vivia na cama. A cirurgia não garantia a cura, mas mesmo assim aguardei ansioso o dia da operação. A expectativa de se aguardar por algo cujo resultado é incerto pode até ser boa, mas quando sofria um ataque, eu ficava desanimado e inseguro. A tristeza era insuportável.

O barulho da chuva parecia diminuir. Escutamos com atenção a inesperada história que ele tinha para nos contar. A maneira como contava era casual, porém a pronúncia era clara e sua voz ecoava no quarto silencioso.

— Quando eu sofria um ataque, sempre permanecia deitado e procurava não pensar em nada. Ao fechar os olhos, pensava no que não devia e, como eu sempre detestei a escuridão, ficava o tempo todo com os olhos abertos. E aguardava o sofrimento passar. Acho que a pessoa que se finge de morta ao se deparar com um urso deve se sentir do mesmo jeito que eu me sentia. Era uma situação realmente desagradável. A fronha do meu travesseiro era especial, feita de uma toalha importada de tecido fino, que minha mãe havia ganhado de minha avó no enxoval de casamento. Minha mãe sempre usou essa toalha com muito zelo e carinho, mas quando as pontas começaram a descosturar, ela a transformou em fronha. Era azul-marinho, com várias bandeiras estrangeiras enfileiradas de diversas cores, e a padronagem era muito bonita. Eu ficava observando longamente, em silêncio, o colorido da fronha do ponto de vista de quem está deitado. E era assim que eu sempre conseguia superar o sofrimento. Naquela época não dei tanta importância a isso, mas, tempos depois, percebi que, por exemplo, nos momentos tristes que passei antes e após a cirurgia, ou quando me acontecia algo de ruim, aquela estampa voltava à minha mente. A toalha já não existe mais, mas sua imagem é tão nítida que consigo vê--la diante dos meus olhos. É como se eu pudesse pegá-la. O estranho é que isso me traz segurança. Acho que isso é uma espécie de fé. Não é bacana? Fim. Gostou?

— Uau — comentei.

O fato de ele ser calmo, de ter um jeito adulto de se comportar e sobretudo o seu olhar se devem a essa experiência pela qual passara durante a infância. Apesar do comportamento de Tsugumi ser oposto ao dele, ela tivera um percurso similarmente solitário. Ainda que a doença tenha sido algo inevitável, era muito triste constatar que o coração de Tsugumi batia num corpo tão vulnerável. Ela possuía um espírito muito mais forte do que qualquer um, e sua energia era capaz de alcançar o espaço sideral, mas o corpo debilitado confinava tal força interior. E deve ter sido essa energia efêmera que ela conseguiu captar no olhar de Kyoichi.

— Quando você olhava para as bandeiras, não tinha vontade de conhecer todos aqueles países? Não ficava imaginando como seria o local após a morte? — Tsugumi olhou para ele e lhe fez essa pergunta estarrecedora.

— Sim. Eu sempre pensava nisso — respondeu Kyoichi.

— Mas agora você pode ir para qualquer lugar, não é? Que bom! — disse Tsugumi.

— Sim, mas também quero que você se recupere. Saiba que poder ir para qualquer lugar não é tudo. Aqui também é um bom lugar. Você pode andar de chinelo, roupa de praia, e ainda tem as montanhas e o mar. Seu coração é saudável e você possui firmeza de caráter e, por isso, mesmo que permaneça sempre aqui, verá muito mais coisas do que esses caras que viajam pelo mundo — teorizou Kyoichi com serenidade.

— Espero que você tenha razão — disse Tsugumi rindo. Seus olhos brilhavam e, com as bochechas coradas, abriu um sorriso, evidenciando a brancura dos dentes.

O vermelho vívido de suas bochechas parecia transferir uma parte de sua coloração para o futon branco. Eu estava especialmente sensível naquele dia e, sem querer, olhei para baixo e pisquei. Naquele momento, Tsugumi fitou Kyoichi e disse:

— Gosto de você.

Nadar com o pai

A cena de Tsugumi apaixonada e caminhando na praia com Kyoichi atraía a atenção dos transeuntes. De fato, era incrível como os dois chamavam a atenção. A imagem de Tsugumi-com-um-rapaz era corriqueira de longa data e, portanto, dessa vez não deveria ser novidade, mas, não sei por que, vê-los caminhando naquela pequena cidade era como vislumbrar um casal de namorados envoltos numa tênue e efêmera luminosidade, passeando num país estrangeiro. Eles sempre eram vistos com os cães em algum lugar da praia. As pessoas que observavam o olhar do casal contemplando o horizonte distante sentiam despertar no âmago de seus corações um sentimento etéreo, como se recordassem um sonho há muito sonhado.

Em casa, Tsugumi continuava a destilar sua raiva sobre a família, chutando a tigela de comida de Poti sem pedir desculpas, dormindo e roncando em qualquer lugar com a barriga de fora; mas, em compensação, ao lado de Kyoichi ela irradiava tanta felicidade que dava a impressão de estar afoita em viver intensamente o pouco tempo que lhe restava. Nessas horas, eu sentia uma pontada de apreensão, como singelos raios de sol a penetrar por entre as nuvens, e isso me machucava sutilmente.

A vida de Tsugumi sempre desencadeava esse tipo de apreensão.

Era uma vida que possuía um brilho ofuscante, pois seus sentimentos pareciam dominar o corpo a ponto de poder lhe tirar a vida a qualquer momento.

— Mariiia!

Da janela do ônibus, meu pai acenava e berrava meu nome tão alto que, por instantes, fiquei sem ação, de tanta vergonha. Levantei e fui até o local de desembarque. Observei em silêncio o ônibus enorme realizar lentamente a manobra para estacionar na área de desembarque, emitindo um barulho trepidante e expelindo golfadas de ar quente. A luminosidade conferia algo de solene à cena. A porta do ônibus se abriu e meu pai desceu, misturado à fila multicolorida de turistas.

Minha mãe não veio. Ela dissera por telefone que preferia assim, pois sabia que não conseguiria conter as lágrimas de tristeza, de nostalgia, diante do saudoso mar de verão. Acho que a intenção dela era vir discretamente no início do outono e passar os últimos dias com a família Yamamoto, antes de eles se mudarem. Quem teimou de vir, ainda que sozinho, foi meu pai. Ele acalentava o sonho de passar férias com "a filha que crescera" e vinha para pernoitar. Era estranho constatar que tudo mudara. Havia pouco tempo, era meu pai quem costumava vir de Tóquio para passar o fim de semana com minha mãe e eu. Desde criança, no verão, eu ficava sentada na escada de concreto desbotado, de boné e sandálias de praia, aguardando com impaciência e expectativa a chegada do ônibus que traria meu pai. Ele sentia enjoo quando viajava de barco e, por isso, sempre vinha de ônibus. Eu aguardava com esforçada resignação o instante do reencontro entre pai e filha que viviam separados. Minha mãe normalmente estava ocupada com os afazeres da pousada e, por isso, eu é que costumava ir buscá-lo no período da tarde. Procurava seu rosto nas janelas dos enormes ônibus que sucessivamente aportavam no terminal.

O mesmo acontecia no outono e no inverno, mas, ao recordar aquela época, a sensação que tenho é que era sempre verão. Sob a luz ofuscante, meu pai sempre descia do ônibus alegre e sorridente, e a impressão era a de que ele se libertava de algo que lhe era insuportável.

O dia estava muito quente. Ao me levantar e ver meu pai de óculos escuros, que lhe davam uma impressão jovial, deixei de ser aquela menina de outrora para voltar a ser uma moça de dezenove anos e, então, tudo parecia fazer parte de um sonho vertiginoso. Não consegui dizer nada.

— Ah, a brisa do mar! — exclamou meu pai como que a suspirar enquanto o vento balançava suavemente sua franja.

— Seja bem-vindo! — saudei.

— Você voltou a ser nativa da região, está bronzeada.

— E mamãe?

— Como era de se esperar, ela achou melhor não vir. Está em casa, sossegada. Mandou lembranças a todos.

— Eu bem que desconfiei que ela não viria. Tia Massako também. Parece que faz tempo que eu não venho te buscar, não é?

— Pois é — concordou ele num tom de murmúrio.

— Então, o que vamos fazer? Antes de mais nada, que tal

deixar a bagagem na pousada, cumprimentar a tia e o pessoal? Depois, poderíamos passear de carro em algum lugar.

— Não. Quero nadar — respondeu sem titubear, num tom de voz que denotava uma indelével alegria. — Bem, eu vim para nadar.

Antigamente, meu pai não nadava.

Ele parecia rejeitar o mar como que para evitar a interferência dele em nossos momentos familiares. Temia desperdiçar as ocasiões de singela tranquilidade que desfrutávamos em família diante da lânguida, alegre e luminosa atmosfera praiana em plena estação de verão. Apesar de minha mãe ser a amante, ela nunca se intimidou com os olhares alheios e, por isso, no final da tarde, assim que conseguia fazer uma pausa na cozinha, arrumava o cabelo, trocava de roupa e me levava para um passeio animado com meu pai. O momento mais feliz que conhecíamos era quando nós três caminhávamos na praia, no prenúncio do anoitecer. As libélulas bailavam sob o céu azul-escuro e eu tomava o sorvete que haviam me comprado. Normalmente, o ar quente e abafado pairava na praia impregnado de maresia. O sorvete, como sempre, tinha um sabor pouco marcante. Os vestígios do crepúsculo que brilhavam nas nuvens distantes suavizavam os contornos do rosto de minha mãe, tornando-o alvo e indefinido, o que lhe conferia uma beleza ímpar. Meu pai caminhava ao lado de minha mãe, e seus ombros alinhados aos dela o tornavam tão real que era difícil de acreditar que ele havia acabado de chegar de Tóquio.

Os ventos deixavam seus vestígios formando ondulações nas areias da praia deserta onde só se ouvia o barulho ensurdecedor das ondas.

É muito triste quando uma pessoa fica indo e vindo de um lado para outro o tempo todo. O sofrimento causado pelas constantes ausências de meu pai, de algum modo, era acompanhado por uma vaga sombra da morte.

Quando eu acordava nas manhãs de segunda, meu pai, que estivera presente nos fins de semana, desaparecia sem deixar rastro. Nessas horas, ainda criança, sentia medo de sair de debaixo das cobertas. Procurava evitar ao máximo o momento de perguntar para minha mãe sobre ele e constatar a sua ausência. Quando eu cochilava a seguir e começava a sonhar algo triste e ruim, minha mãe puxava o cobertor, dizendo:

— Vamos, acorde! Vai se atrasar para a ginástica — e sorria. Seu sorriso luminoso me reconfortava e resgatava o nosso cotidiano sem a presença de meu pai, e isso me tranquilizava.

— Cadê o pai? — quando eu indagava com voz de sono, minha mãe respondia esboçando um sorriso ligeiramente triste:

— Voltou para Tóquio no primeiro ônibus do dia.

Com os olhos sonolentos, eu fitava durante um longo tempo a manhã que se estendia do outro lado da tela que cobria a janela, e punha-me a pensar nele: quando fui buscá-lo no ônibus; seu sorriso ingênuo de quando sua grande mão segurava a minha, mesmo eu reclamando que fazia muito calor para ficarmos de mãos dadas; o momento em que nós três andávamos na praia.

Yoko sempre me chamava nessas horas e, ainda no frescor da manhã, caminhávamos até o parque para fazer a programação de ginástica transmitida pela rádio.[7]

---

[7] Em japonês, *radiotaiso*. Sequência de exercícios físicos com voz de comando e acompanhamento musical que, originalmente, era transmitida por rádio. [N.T.]

Ao observar em silêncio meu pai desaparecer gradativamente nas ondas distantes, de repente me veio uma clara lembrança do que eu sentia naquelas manhãs de segunda.

Meu pai, assim que chegou na praia e trocou de roupa, não conseguia conter a ansiedade:

— Maria, vou na frente, está bem? — anunciou em voz alta e correu em direção à orla. Sem querer, me surpreendi ao perceber que o formato do braço dele, do cotovelo até as mãos, era muito parecido com o meu. "Não há dúvida", pensei, enquanto passava o protetor solar, "que aquele homem é mesmo meu pai."

O sol a pino resplandecia uma intensa luminosidade expondo tudo que havia na praia. Ele entrou no mar que, sem ondas, parecia um lago, gritando feito criança que a água estava fria, muito fria, e sumiu de vista. Nadava em direção ao mar aberto, mas a impressão que se tinha era a de que ele estava sendo tragado. A infinita imensidão azul engolia uma pessoa para dentro desse cenário num piscar de olhos. Eu me levantei e entrei no mar para segui-lo. Adorava sentir o exato momento em que a pele, que no início sentia a água gelada, se adaptava naturalmente à temperatura da água. Ao levantar o rosto, o verde das cadeias de montanhas que rodeavam a praia se destacava, tendo como pano de fundo o azul do céu. O verde da costa litorânea era intenso e distinto.

Meu pai nadava a certa distância. Ele ainda era muito jovem, mas, para constituir família pela primeira vez, já havia passado da idade. Ver sua pequena cabeça despontar a alguns metros de distância — surgindo e desaparecendo no brilho ofuscante das ondas azuis — me fez imaginar que, a qualquer momento, ele poderia desaparecer para sempre. Fui tomada por uma inexplicável insegurança enquanto eu nadava em sua direção. Cogitei a hipótese de que tais pensamentos teriam sido motivados pelo fato de a água estar gelada ou por nadar algum tempo sem que meus pés pudessem tocar o chão. Mas será que também não poderia ser pelo fato de perceber que, toda vez que piscava os olhos, havia variações tanto no formato das nuvens quanto na intensidade da luz do sol? "Estou perdendo meu pai de vista e ele desaparecerá para sempre, para além das ondas, sem jamais retornar..." Não. Não era isso. Não era uma questão de ordem física. Na verdade, eu ainda não sabia direito o que pensar sobre minha vida em Tóquio. Com a distante bandeira vermelha em alto-mar tremulando pela brisa, percebi que, para mim, aquela casa de Tóquio não passava de um sonho. E meu pai, que dava braçadas na água e nadava logo à frente, também parecia fazer parte de um sonho distante. No meu íntimo, as coisas permaneciam mal resolvidas e eu continuava sendo aquela menina que nos fins de semana ficava sozinha aguardando a chegada do pai. Antigamente, quando ele estava muito ocupado com o trabalho e chegava com uma expressão de cansaço estampado no rosto, minha mãe falava sorrindo, sem a intenção de ser sarcástica ou com real motivo de preocupação:

— Saiba que, se você ficar doente, nós não estamos em condições de ir correndo para Tóquio para lhe dar assistência e muito menos poderemos comparecer ao seu funeral. Como não quero que isso aconteça, por favor, tome cuidado com a saúde, está bem?

Eu era apenas uma criança, mas entendia o que ela queria lhe dizer. Diante de nossa situação indefinida, para mim, meu pai era uma pessoa que, mais dia menos dia, partiria para um local bem distante para nunca mais retornar.

Enquanto eu rememorava essas lembranças, ele parou de nadar e, voltando-se para mim, estreitou os olhos sob a luz ofuscante. Nadei em sua direção avançando por entre as ondas. Ao me aproximar, ele sorriu e disse:

— Deixei você me alcançar.

Milhares de luzes cintilavam ao redor, a ponto de me sentir sufocada. Enquanto nadávamos em direção à boia que flutuava adiante, pensei: "Amanhã meu pai vai pegar o trem-bala levando consigo tanto peixe defumado e molusco que terá dificuldades de carregar tudo sozinho. Minha mãe, que estará em pé na pia da cozinha, vai se virar e, olhando para ele, perguntará como eu estou e se os demais estão todos bem." Essa cena surgiu em minha mente como uma visão e me deixou um tanto emocionada. "Sou feliz por ser a filha única desse casal." Era isso. Posso ter perdido a cidade litorânea de minha infância, mas agora sabia que eu tinha uma casa para onde seguramente poderia voltar.

Saí da água e, enquanto descansava preguiçosamente na areia, senti um pé descalço pisar com força na palma da minha mão. Ao abrir os olhos, Tsugumi me olhava de cima. Por estar contra a luz, sua pele alva e seus olhos grandes e brilhantes ofuscaram os meus olhos.

— Precisava pisar desse jeito? — reclamei e, sem opção, levantei e fiquei sentada.

— Você devia estar grata por eu não ter pisado calçada — respondeu ela, finalmente tirando o pé quente da minha mão e voltando a calçar a sandália. Meu pai, que estava deitado ao meu lado, também se sentou após se espreguiçar.

— Oi, Tsugumi — disse ele.

— Boa tarde, tio. Há quanto tempo!
Tsugumi, que estava ao meu lado de cócoras, olhou para ele e abriu um sorriso. Fazia tempo que não frequentávamos a escola juntas e, por isso, confesso que, ao ver sua expressão, senti uma estranha saudade daquela época em que ela vestia uniforme de marinheiro. O hobby dela na escola era ser lobo em pele de cordeiro. E foi então que, de súbito, um pensamento me veio à mente: "Se Kyoichi frequentasse a mesma escola de Tsugumi, será que ele a descobriria? Ah! Creio que sim." Assim como Tsugumi, ele possuía uma maneira excêntrica de ver o mundo, capaz de concentrar toda uma vida em uma única coisa para poder examiná-la com profundidade. Pessoas com esse perfil acabam se encontrando até de olhos vendados.
— Tsugumi, o que foi? Aonde você vai? — indaguei. O vento estava forte e senti que a areia escorria ligeira por entre os meus pés.
— Tenho um encontro secreto com o amante, não é o máximo? — disse Tsugumi esboçando um sorriso transbordante de alegria. — Não sou como certas pessoas que ficam na praia com o pai, sem ter o que fazer.
Eu, como sempre, permaneci calada, mas meu pai, que não estava acostumado a lidar com *a peça chamada Tsugumi*, respondeu um tanto quanto sem graça:
— Ah! Depois de viver tanto tempo longe, uma filha moça é como uma namorada. Aliás, se você está com tempo, Tsugumi, que tal sentar aqui e contemplar o mar?
— Pelo visto, o senhor continua com essas piadas sem graça. Mas tudo bem. Vou me sentar um pouco. A expectativa do encontro foi tão grande que saí cedo demais — disse Tsugumi ao se sentar na cadeira de plástico e, estreitando os olhos para atenuar a luz ofuscante, pôs-se a fitar o mar.

A certa distância de onde ela estava, as bordas do guarda-sol, reluzentes com a claridade do céu azul, bailavam freneticamente ao sabor do vento. A vista era tão incrível que, mesmo deitada, eu não conseguia parar de contemplá-la. Até meu coração parecia querer voar para bem longe.

— Ah! Quer dizer que Tsugumi está amando... — murmurou meu pai. Ele era uma pessoa bondosa. No passado, essa bondade lhe rendeu inúmeros transtornos, mas, quando a paz passou a reinar em sua vida, ele se tornou uma pessoa serena e alegre, como as montanhas que refletem o brilho do sol. E a constatação de que essa sua bondade continuava a se revelar num mundo onde as coisas estavam indo bem me fez pensar em como essa mudança foi realmente divina e benéfica.

— Pode ter certeza que sim — respondeu Tsugumi. E, ao deitar ao meu lado, apoiou a cabeça sobre as minhas coisas sem fazer cerimônia.

— Se ficar no sol, você vai ter febre — observou ele.

— Uma mulher apaixonada é forte — devolveu Tsugumi, pondo-se a rir.

Sem nada dizer, coloquei meu chapéu sobre a cara dela.

— Ok, ok. Reconheço que, graças aos cuidados de dona Maria, consegui viver sã e salva até hoje, manter minha pele tão branquinha e ter o prazer de comer bem — prosseguiu ela enquanto colocava o chapéu.

— Você está bem mais forte, não é Tsugumi? — perguntou meu pai.

— Graças a Deus — respondeu ela.

Não sei por que me causou certo estranhamento perceber que nós três contemplávamos o céu deitados um ao lado do outro. De vez em quando, víamos despontar uma nuvem fina.

— Você o ama tanto assim?

— O meu amor não chega a ser tão grande quanto o seu. Afinal, foram anos de idas e vindas como marido itinerante, não é? Sabe que eu desconfiava que isso podia não vingar, mas não é que o senhor me surpreendeu quando assumiu de vez esse amor?

Havia empatia entre ela e meu pai. Digo isso pois cansei de ver o pai de Tsugumi — um homem inflexível e do tipo machão — ficar irritado com o linguajar dela e deixar a mesa do jantar sem dizer nada. Tsugumi nunca deu a mínima para esse tipo de reação, mas meu pai não era apenas uma pessoa indecisa. Ele também sabia discernir se uma pessoa possuía boas ou más intenções. Por isso, ele sabia que Tsugumi não falava aquilo com alguma intenção ruim. Era gracioso vê-los conversar e, acompanhando o diálogo, senti um imenso carinho por eles.

— Sou do tipo que não costuma desistir na metade do caminho, mas acho que isso também depende muito da personalidade da pessoa com quem nos relacionamos — comentou meu pai.

— A tia também parece ser uma pessoa perseverante, e convenhamos que, além de tudo, é muito bonita. Eu achava que a tia viveria para sempre aqui, e que o tio seria o eterno "marido vaivém". Essa seria a sina dos amantes.

— Isso poderia acontecer, desde que o fim do relacionamento fosse uma questão de tempo — respondeu meu pai com seriedade. Dava a impressão de que ele não conversava com uma jovem, mas com uma deusa do destino. — O amor é o tipo de coisa que, quando percebemos, já nos pegou, e isso é válido em qualquer idade, não é? Mas sei muito bem, com conhecimento de causa, que existem dois tipos de relacionamento: aquele cujo fim você enxerga e aquele cujo fim você não enxerga. Se você não enxerga o fim é um sinal de que a coisa é séria. Quando conheci minha atual esposa, logo senti que o futuro era infinito. Por isso, creio que estaríamos bem mesmo sem nos casar.

— E eu? Onde fico nessa história? — comentei em tom de brincadeira.

— Pois é, tivemos você e agora somos felizes, não somos? — meu pai esticou braços e pernas como um garoto e olhou para o mar, a montanha e o céu. — Não tenho do que reclamar. Está tudo perfeito!

— Gosto desse seu jeito despojado de dizer as coisas. O senhor é uma dessas pessoas muito raras que conseguem despertar em mim o desejo de me abrir — disse Tsugumi com uma expressão que denotava sinceridade.

Meu pai sorriu satisfeito e respondeu:

— Com certeza, você também deve ter arrasado muitos corações, não é? Mas, desta vez, você realmente está gostando de alguém, estou certo? — indagou.

Tsugumi inclinou levemente a cabeça e murmurou:

— Digamos que... já senti isso antes, mas também posso nunca ter sentido. Sabia que, até agora, independentemente do que acontecesse, eu não estava nem aí? A pessoa podia chorar e espernear à vontade na minha frente que eu não dava a mínima. O garoto de que eu gostasse poderia insistir para segurar minha mão ou para me tocar, mas eu sempre me esquivava. Não sei por quê... era como estar na beira de um rio, no escuro, observando o incêndio na margem oposta. Ou como esperar o fogo se apagar, pois ele sempre se apaga, e a espera era sempre tão tediosa que me dava sono. Cheguei a pensar seriamente o que esses caras, nessa idade, buscavam no amor.

— Você tem razão. As pessoas sempre acabam desistindo se você não retribui o que elas lhe oferecem — disse meu pai.

— Mas, desta vez, sinto que estou presente. Talvez por causa dos cachorros ou por estar de mudança. Só sei que com Kyoichi é diferente. Posso encontrá-lo inúmeras vezes que nunca me enjoo e, se fico olhando para a cara dele, tenho vontade de esfregar nela o sorvete que eu estiver segurando. Para você ver o quanto gosto dele.

— Que jeito pouco convencional de expressar isso — comentei enquanto sentia aquelas palavras penetrando no âmago do meu ser. A areia quente tocava a sola dos meus pés. Senti vontade de orar para as ondas rogando para que, dali em diante, só acontecessem coisas boas para Tsugumi.

— É mesmo? — perguntou meu pai. — Um dia quero conhecê-lo.

Tsugumi concordou balançando a cabeça.

No dia seguinte, meu pai pegaria o ônibus expresso, direto para Tóquio, e eu o acompanhei.

— Mande lembranças à mamãe — eu disse para meu pai, que assentiu. Como era de se esperar, ele carregava uma quantidade enorme de frutos do mar que mal conseguia carregar com as duas mãos. "Quem será que vai comer tudo isso?", pensei. Imaginei o trabalho que minha mãe teria para distribuí-los aos vizinhos. Essa cena ficou vividamente registrada em meu coração, assim como a fileira de prédios de Tóquio, o jantar estranhamente silencioso e os passos de meu pai voltando para casa.

Em pleno entardecer, o ponto de ônibus estava envolto numa luz alaranjada que ofuscava a vista. O ônibus, assim como quando chegou, fez a manobra, estacionou lentamente e, levando meu pai, seguiu pela estrada afora. Ele acenava sem parar.

Eu me senti ligeiramente solitária quando caminhei sozinha até a Pousada Yamamoto, em meio ao crepúsculo. Queria guardar no meu coração aquele sentimento melancólico de caminhar pela estrada de minha terra natal que eu perderia no final do verão. Assim como o céu do entardecer mudava rapidamente de cor, havia no mundo inúmeros e variados tipos de despedida, e eu não queria me esquecer de nenhum deles.

Festival

No período em que a quantidade de turistas atinge o pico e começa a diminuir, temos o Festival de Verão. Pode-se dizer que esse evento é um acontecimento voltado para a diversão dos moradores locais. O festival toma essencialmente a área em torno de um grande santuário localizado nas montanhas, onde se monta um palco para realizar as apresentações de músicas e danças xintoístas[8] e folclóricas.[9] Ao redor do santuário, também são instaladas inúmeras tendas, uma ao lado da outra. E, na praia, é realizada uma grande queima de fogos de artifício.

Quando toda a cidade está agitada com os preparativos do festival, o outono de súbito começa a se mesclar à vida cotidiana. O sol continua quente, mas a brisa do mar se torna mais suave e as areias, mais frias. A chuva traz consigo o cheiro de nuvens úmidas que molham em silêncio os barcos enfileirados na praia. Logo se percebe que o verão está de partida.

---

8   Em japonês, *kagura*. [N.T.]
9   Em japonês, *bon'odori*. [N.T.]

* * *

Certo dia, pouco antes do festival, fiquei subitamente com febre e de cama, talvez por ter me excedido nas brincadeiras. Tsugumi também estava de cama e, por isso, Yoko parecia uma enfermeira, entrando e saindo de nossos quartos com bolsas de gelo e papinhas de arroz.[10] Ela não se cansava de nos animar dizendo que precisávamos ficar boas até o festival.

Era raro eu ter febre, mas, assim que soube que estava com 38 graus, senti a cabeça zonza. Diante desse quadro, só me restava ficar enfurnada sob o futon, com o rosto vermelho.

Um pouco antes do anoitecer, Tsugumi abriu abruptamente a porta corrediça e, como era de se esperar, entrou no quarto sem pedir licença. Eu estava prostrada observando o imensurável céu medonhamente rubro que se descortinava do lado de fora da janela. Sentia-me molenga e sem ânimo para conversa fiada, então permaneci olhando na direção da janela, sem me virar.

— Está com febre? — indagou Tsugumi, chutando as minhas costas. Sem outra alternativa, virei o corpo e olhei para ela. Tsugumi estava com o cabelo preso, vestia um pijama azul-celeste e aparentava estar bem disposta.

— Eu é que pergunto: tem certeza de que você está com febre? — indaguei.

— Para mim, essa temperatura é normal — respondeu ela, pondo-se a rir e segurando com força a minha mão que estava fora do futon.

— Deixe-me ver. Estamos com o mesmo grau de febre.

Sempre que Tsugumi estava febril, suas mãos ficavam assustadoramente quentes, mas, dessa vez, não estavam tanto assim.

— Você está acostumada com as febres, não é?

---

10   Em japonês, *okayu*. [N.T.]

Ao pensar que naquele estado ela sempre conseguia andar de um lado para outro, não pude deixar de admirá-la. Quando estamos com febre, enxergamos o mundo numa perspectiva flutuante. Para compensar o corpo pesado, o coração começa a palpitar e os pensamentos vagueiam de modo desconexo.

— Acho que sim, mas como não tenho resistência física, logo me sinto exausta — disse Tsugumi, agachada ao lado do meu travesseiro.

— Mas você possui uma força de vontade acima do normal — comentei, e comecei a rir.

— Digo para mim que é possível viver somente com a força de vontade — asseverou Tsugumi, retribuindo o riso.

Naquele verão, Tsugumi estava extremamente bela. Não eram poucas as vezes que as pessoas a olhavam admiradas. O sorriso caloroso que iluminava seu semblante era tão límpido que remetia à neve fina da primavera que se acumula no topo da montanha.

— Você não acha que o mundo fica esquisito quando estamos com febre? É divertido, não é? — disse Tsugumi estreitando os olhos numa expressão peculiarmente afetuosa. Ela parecia um animalzinho feliz por ter encontrado um parceiro.

— Acho. É como se tudo parecesse novo — respondi.

— Pessoas como eu, que sempre ficam com febre, transitam entre esse mundo e o normal, não é? Pois então, chega uma hora em que a vida avança ligeira e não sei qual dos mundos é o real.

— Ah! Agora entendi por que você parece estar sempre bêbada.

— Bingo! — disse Tsugumi, pondo-se a rir e deixando o quarto em seguida. Essa imagem ficou em minha mente como que eternizada, extremamente nítida.

Na noite do festival, eu e Tsugumi estávamos recuperadas. Combinamos os quatro de irmos juntos: Tsugumi, Kyoichi, Yoko e eu. Tsugumi estava contente em mostrar o festival local para Kyoichi. Fazia um ano que as três garotas não se ajudavam mutuamente a vestir os quimonos de verão.[11] Uma conseguia amarrar a faixa do quimono na outra, mas era incapaz de amarrar a própria faixa. Estendemos os quimonos azuis-marinhos, de vistosas estampas de flores grandes e brancas, sobre o amplo tatame da Pousada Yamamoto e, para combinar, escolhemos faixas nas cores vermelha e rosa-choque, de tecido barato e brilhante. Eu amarrei a faixa vermelha em Tsugumi. Ao fazê-lo, notei o quanto ela estava magra. A impressão era de que, por mais que eu apertasse a faixa, sempre sobrava um espaço negro a ser preenchido e, por instantes, assustou-me a ideia de ficar somente com a rígida faixa em minhas mãos.

Após nos trocarmos, descemos ao saguão e, enquanto assistíamos à TV, Kyoichi veio nos buscar. Ele vestia a mesma roupa de sempre e, quando Tsugumi o repreendeu dizendo "Mas que cara sem noção!", ele apontou os tamancos nos pés e respondeu: "Isto aqui é diferente." Os seus pés enormes, sem meias e de tamancos, eram dignos da estação de verão. Tsugumi, dessa vez, não quis se gabar de estar de quimono e, estendendo o braço pálido, segurou a mão de Kyoichi. Balançando as mãos feito criança, exultou de modo a apressá-lo:

— Vamos, vamos logo! Quero ver todas as barracas noturnas antes da queima de fogos.

Esse seu jeito de falar e de agir era deveras encantador.

---

11   Em japonês, *yukata*, vestimenta leve de algodão. [N.T.]

— Nossa! O que aconteceu, Kyoichi? — indagou Yoko. Até então, como ele estava em pé num local pouco iluminado, não tínhamos reparado que havia um hematoma logo abaixo dos olhos, que começava a clarear.

— Já sei. Meu pai descobriu que estamos namorando e ele te deu um soco — arriscou Tsugumi.

— Isso mesmo — respondeu ele, esboçando um sorriso forçado.

— Sério? — perguntei.

— É mentira. Não sei o que houve. Antes de mais nada, convenhamos que meu pai não morre de amores por mim — observou Tsugumi, rindo, embora seu comentário tivesse um tom triste. Assim, acabamos saindo sem saber o que de fato acontecera com Kyoichi.

Observando a Via Láctea que brilhava vagamente no céu, caminhamos pelas ruas e pela praia. Os ventos se encarregavam de espalhar por toda a cidade o som das danças folclóricas que os alto-falantes emitiam. Talvez o mar parecesse muito mais escuro e agitado porque havia inúmeras lanternas de papel iluminando a praia. As pessoas caminhavam demasiadamente devagar na escuridão, como se lamentassem o fim do verão. As ruas estavam apinhadas de gente; parecia que, naquela noite, todos os moradores resolveram sair.

Encontramos muitos dos velhos amigos.

Amigos do tempo do primário, do ginásio e do colegial. Todos, de certa forma, se tornaram adultos e, ao reencontrá-los, era como se tivessem saído de um sonho, uma espécie de visão furtiva que surge em meio às confusas reentrâncias da memória. Eles passavam por nós sorrindo e acenando, e trocavam rapidamente algumas palavras. Os sons das flautas, os leques e a maresia projetavam-se lentamente sobre a noite e passavam por nós como lanternas que flutuavam à deriva no mar.

Só é possível recordar o ar noturno de um festival quando este de fato estiver acontecendo. Basta faltar um único detalhe — ainda que insignificante — para que a imagem, "aquela sensação" de estar presente num festival, não possa ser resgatada. "Será que no ano que vem, nesta mesma época, estarei aqui? Ou será que estarei sob o céu de Tóquio rememorando com saudades as lembranças imperfeitas deste festival?" Enquanto eu olhava as inúmeras barracas noturnas enfileiradas, tais pensamentos surgiram em minha mente.

Aconteceu um pequeno incidente enquanto aguardávamos numa fila enorme a nossa vez de orar no santuário principal. Eu e Yoko tentamos a todo custo convencer Tsugumi de que ela "não podia deixar de visitar o santuário" só porque estava com preguiça de enfrentar a fila.

Sem outra opção, Tsugumi entrou na fila conosco, mas ficou o tempo todo reclamando e fazendo comentários petulantes:

— Vocês re-al-men-te acreditam em deus? Têm certeza? Com essa idade? Vocês acham mesmo que adianta alguma coisa ficar jogando moedas e bater palmas?

Nessas horas Kyoichi sempre permanecia quieto e esboçava um sorriso discreto, mas esse seu silêncio espontâneo possuía uma intensa presença. Percebia-se que, na frente dele, ela podia fazer o que bem entendesse. Ela sabia atrair esse tipo de pessoa, pois isso lhe era fundamental.

O recinto do santuário estava em polvorosa e a fila se estendia até a escadaria. E, enquanto se ouvia o som ininterrupto dos sinos e das moedas sendo lançadas, pouco a pouco ela avançava. Conforme nos aproximávamos do altar xintoísta, várias pessoas cruzavam a fila enquanto jogávamos conversa fora. Nada de mais numa situação em que a fila estava apertada. Um tempo depois, um homem passou por entre Kyoichi e Tsugumi, empurrando-os. O rapaz, que estava acompanhado de dois ou três jovens, parecia ser pobre e do tipo delinquente. Obviamente, o jeito como cruzou a fila não foi educado e, por instantes, ficamos zangados. No entanto, a reação de Kyoichi não se limitou a isso. De imediato, ele tirou o tamanco do pé e bateu com força na cabeça do rapaz que caminhava na frente, fazendo um barulho oco.

Levei um susto.

O rapaz berrou "Ai!" e, levando a mão à cabeça, encarou Kyoichi por um instante e saiu correndo, sumindo na escuridão. Os outros rapazes que o seguiam desceram rapidamente as escadas empurrando as pessoas que estavam na fila.

O barulho que nos cercava cessou abruptamente, mas o silêncio só durou alguns segundos até os rapazes irem embora. As pessoas que estavam na fila logo se voltaram para a frente e, no momento seguinte, a algazarra recomeçou.

Eu fui a única que continuou assustada com o que aconteceu.

Tsugumi quebrou o silêncio:

— Escuta aqui. Só porque ele passou por nós para cruzar a fila, precisava fazer isso? Cara, eu não chegaria a tanto.

Eu e Yoko desatamos a rir ao escutar ela dizer isso. Kyoichi respondeu:

— Não é isso.

A iluminação que incidia sobre o seu rosto de perfil revelou uma expressão sombria, e ele falava com voz grave. Mas, no instante seguinte, ele estava novamente alegre.

— Foram esses caras que me fizeram isso — disse Kyoichi apontando o hematoma abaixo dos olhos. — Como estava escuro e eu fui pego de surpresa, só consegui reconhecer um deles, mas tenho certeza de que foi ele.

— Por quê? — indaguei.

— Sei que a reputação do meu pai não é boa nesta região. Acho que, para construir o hotel, ele forçou os moradores a venderem suas terras por valores abaixo do mercado. Eu entendo a razão dessa hostilidade e não é para menos, pois, afinal, um forasteiro aparece do nada e, de repente, constrói um hotel gigante que vai roubar todos os hóspedes. No começo sei que não será nada fácil viver nesta cidade. Meus pais e eu estamos cientes disso. Mas creio que, daqui a uns dez anos, eles vão se acostumar conosco.

— Mas você não tem nada a ver com isso — disse. Apesar de ter dito isso, sei que ele possuía algo que provocava a inveja dos outros. Kyoichi trouxe o seu cãozinho de estimação e, hospedado numa pousada, saía todos os dias para conhecer a cidade onde iria morar e ainda, sem perda de tempo, conquistou a garota considerada a mais bela do lugar. O enorme hotel que em breve estará pronto será dele. No mundo, certas pessoas simplesmente odeiam tipos como ele.

— Não se preocupe — disse Yoko. — Não digo isso só porque vamos nos mudar. Saiba que minha mãe gosta muito de você e, outro dia, a ouvi comentar com meu pai que, se um rapaz como você futuramente vai se mudar para cá, a região ficará cada vez melhor. E tem mais: os donos da Pousada Nakahama, onde você se hospeda, gostam de você e de Gongoro, apesar de eles já conhecerem sua identidade, não é? E você também ajuda o pessoal da pousada. Em uma única temporada de verão, você conseguiu fazer muitos amigos, por isso não há com que se preocupar. Morando aqui, você será aceito.

Quando Yoko falava essas coisas, ela se tornava demasiadamente vaga e se esforçava tanto para convencer, que era comum a pessoa a quem se dirigia cair em prantos. Kyoichi concordou dizendo apenas "você tem razão", e eu também assenti, sem acrescentar nada. Tsugumi ficou quieta o tempo todo fitando algo à frente, mas intuí que, mesmo de costas com seu quimono de faixa vermelha, ela escutava tudo com atenção.

Enfim, chegou a nossa vez. Tocamos o sino e oramos.

Como ainda faltava um tempo até o início da queima de fogos, Tsugumi disse que queria brincar com Gongoro, e então fomos até a pousada onde Kyoichi estava hospedado. Como ela ficava perto da praia, quando o show começasse bastava dar uma corrida até lá.

Gongoro estava acorrentado no jardim e, assim que avistou Kyoichi, começou a pular todo serelepe. Tsugumi aproximou-se dele e, sem se importar de arrastar no chão a barra do seu quimono, saudou-o:

— Oi, Gongoro! — e começou a brincar com ele. Ao ver essa cena, Yoko comentou:

— Então Tsugumi gosta de cachorros...

— Ninguém sabia, não é? — disse, e comecei a rir. Tsugumi virou-se para nós com uma expressão ligeiramente irritada e disse:

— É porque os cachorros não traem.

— Ah! Sei do que está falando — concordou Kyoichi.

— Às vezes, quando faço carinho na barriga de Gongoro, penso que ele é apenas um filhote e tudo leva a crer que ele vai ficar comigo e será alimentado por mim até morrer. Essa coisa de permanecer a vida toda sob seu cuidado não é comovente? Ou seria ingenuidade? Seja como for, entre os homens isso é impossível.

— Isso de não ser traído? — indaguei.

— Não sei explicar direito... Digamos que as pessoas vivem se deparando com coisas novas e que isso faz com que mudem gradativamente. Elas acabam se esquecendo de muitas coisas ou mesmo as abandonam. Acho que é porque há muitas coisas para fazer.

— Ah, é isso? — disse.

— É isso — respondeu Tsugumi, que continuava brincando com Gongoro. No jardim da pousada havia uma fileira de flores bonitas e bem cuidadas. Muitas das janelas estavam acesas e, no terraço da frente, havia uma intensa movimentação de pessoas indo e vindo do festival, acompanhada do som dos tamancos de madeira.

— As estrelas estão bonitas hoje, não acham? — comentou Yoko fitando o céu. Um vasto céu noturno repleto de estrelas reluzentes mostrava no centro o brilho nebuloso da Via Láctea.

— Kyoichi, é você que está no jardim? — ao nos virarmos para a janela de onde vinha essa voz, percebemos que ela partia da cozinha. Uma senhora que parecia ser uma das funcionárias da pousada estava com a cabeça para fora da janela.

— Sim, sou eu — respondeu Kyoichi, como um menino educado.

— Suas amigas estão aí? Ouvi vozes — indagou a dona da voz.

— Sim. Estou com três amigas aqui.

— Ah, então, por favor, sirvam-se — disse a senhora, oferecendo-nos um grande prato de vidro com vários pedaços de melancia.

— Quanta gentileza! Muito obrigado — agradeceu Kyoichi ao pegar o prato.

— Em vez de ficarem aí no escuro, que tal comerem no salão?

— Aqui está bom. Muito obrigado — riu Kyoichi. Quando nós três fizemos uma reverência para agradecê-la, ela abriu um sorriso e disse:

— Não há o que agradecer. Afinal, Kyoichi está sempre nos ajudando em várias das tarefas da pousada. Nós o perdoamos por ser o filho do dono do hotel. Vocês sabiam que ele é muito popular? Ei, Kyoichi, quando o hotel ficar pronto, não se esqueça de mandar alguns hóspedes para cá, ouviu? De três hóspedes que telefonarem para fazer a reserva, para um deles você vai dizer: "Desculpe-nos o inconveniente, mas o hotel está lotado; porém, indicamos a Pousada Nakahama", está bem?

— Sim, pode deixar. Combinado — respondeu Kyoichi. A senhora sorriu e fechou a janela.

— Você é do tipo que conquista as velhinhas — constatou Tsugumi, pegando rapidamente um pedaço de melancia.

— Deve haver um jeito melhor de dizer isso — disse Yoko. Tsugumi ignorou-a por completo e, com gotas de suor escorrendo pelo rosto, comeu seu pedaço.

— Você está ajudando tanto assim? — indaguei. Jamais tivera notícias de um hóspede que ajuda nas tarefas da pousada.

— Sim. Como não tenho nada para fazer, acabo ajudando. Parece que está faltando funcionários e, por isso, há muitas tarefas na parte da manhã e à noite. Em compensação, posso deixar Gongoro aqui e eles o alimentam — Kyoichi riu.

Tia Massako tinha razão. Mesmo com a nossa partida, o fato de ele estar aqui me pareceu auspicioso.

A melancia estava aguada, mas o gosto era delicadamente doce. Sentados de cócoras na escuridão, comemos vários pedaços. A água da mangueira que usamos para lavar as mãos estava fria e formou um pequeno rio no chão escuro. No começo, Gongoro olhou para nós com inveja por estarmos comendo, mas, um tempo depois, deitou seu corpo pequenino na grama e fechou os olhos.

Nós crescemos vendo inúmeras coisas. E mudamos pouco a pouco. Avançamos conscientes dessas mudanças que se tornam reiteradamente perceptíveis de diversas formas. Mas, se por acaso eu pudesse impedir tais mudanças, manteria aquela noite intocada. Uma noite perfeita, repleta de singela e doce felicidade.

* * *

— Este verão está sendo o máximo! — comentou Kyoichi.

— Melancia é o que há de mais delicioso! — disse Tsugumi, talvez com a intenção de responder ao comentário dele.

De repente, um barulho estrondoso ecoou no céu, seguido de gritos de alegria.

— São os fogos! — anunciou Tsugumi, levantando-se de pronto e com os olhos brilhantes de emoção. Ao olhar para cima, um enorme fogo de artifício surgiu da sombra da construção e tomou o céu. Corremos em direção à praia para chegar antes do próximo estrondo.

Era estranho ver os fogos de artifício estourando sobre o mar aberto sem nenhum obstáculo à vista, como se fossem luzes emanadas do próprio espaço sideral. Sentados na areia da praia, um ao lado do outro, permanecemos calados, encantados com a sequência de fogos.

Raiva

Quando Tsugumi ficava com muita raiva, era como se ela congelasse.
 Mas isso só acontecia quando ela ficava brava para valer. Surtar e berrar até corar era algo frequente, mas não é desse tipo de raiva que estou falando. Quero dizer de quando ela fitava alguém com ódio profundo, a ponto de parecer outra pessoa. Ela esquecia tudo, e parecia que sua raiva era tão intensa que seu corpo assumia uma tonalidade azulada. Sempre que eu a via assim, pensava nas estrelas. Lembro de ter ouvido que as estrelas tornam-se mais e mais quentes conforme se desenvolvem, emitindo uma luz a princípio vermelha, até assumirem uma tonalidade levemente azulada. Eu, que estava sempre ao seu lado, nunca a tinha visto tão colérica.

Se não me engano, aconteceu quando Tsugumi acabara de ingressar no ginásio. Yoko, eu e Tsugumi estávamos na mesma escola, mas em classes com diferença de um ano: Yoko no nono, eu no oitavo e Tsugumi no sétimo.
 Foi na hora do recreio. Chovia e o dia estava nublado. Os alunos não podiam sair da escola e brincavam nas salas de aula. Risadas espontâneas, barulho de passos no corredor,

gritaria... a chuva escorria pelas janelas de vidro da sala de aula, ruidosa como cascata; uma profusão de ruídos ecoava dentro da sala escura e fechada, como o bramido do mar que ora se aproxima, ora se distancia.

Nessa mixórdia sonora, de repente ouviu-se um barulho agudo de vidraça quebrando: "crac". Por instantes, fez-se um silêncio repentino, logo sucedido por um grande alvoroço. Assim que alguém gritou que o barulho vinha do terraço, os alunos saíram correndo, todos tentando chegar primeiro ao local. O terraço ficava no fim do corredor, no andar de cima, e do outro lado da porta de vidro havia plantas cultivadas na aula de ciências, tocas de coelhos e cadeiras extras. Enquanto eu seguia os alunos, imaginei que fosse essa porta de vidro que havia quebrado.

No entanto, levei um susto quando vi o que alvoroçava a multidão. No meio dos fragmentos de vidro, Tsugumi estava sozinha e parada.

— Quer que eu te dê mais uma demonstração de quanto estou saudável? — perguntou Tsugumi de súbito. A voz não tinha entonação, ainda que vigorosa. Segui o olhar dela. Do outro lado, uma menina estava em pé, totalmente pálida. A menina estudava na mesma classe de Tsugumi e era a que mais se desentendia com ela.

"O que aconteceu?", perguntei para os que estavam por perto. Uma das garotas não tinha muita certeza, mas disse que Tsugumi havia sido escolhida para participar da maratona, porém, como ela não podia correr, a outra foi chamada para substituí-la. Como a menina se sentiu humilhada por não ter sido a primeira opção, na hora do almoço ela chamou Tsugumi no corredor e começou a zombar dela. Tsugumi não disse nada, pegou uma cadeira e jogou contra a vidraça.

— Repita o que você acabou de dizer, vamos! — desafiou Tsugumi. A menina não conseguia dizer nada e as pessoas ao redor engoliam em seco. Ninguém foi chamar a professora. Tsugumi devia ter se cortado com algum caco de vidro e tinha um pouco de sangue no tornozelo, mas, sem se importar com isso, continuava encarando a menina. Eu notei que o seu olhar era realmente sombrio. Não era o olhar de uma garota delinquente, mas a de uma louca desvairada. De seus olhos emanava um brilho suave e eles pareciam mirar o infinito.

Pensando bem, desde aquele dia, Tsugumi passou a não se expor mais na escola. Foi seu último evento público ocorrido lá. E quem testemunhou, provavelmente, jamais esquecerá. Aquele brilho que emanava do corpo de Tsugumi e aquele olhar carregado de ódio, como de alguém preparado para matar ou se matar.

Fui em direção a Tsugumi passando no meio das rodas que haviam se formado. Ela me olhou como quem olha para uma pessoa que não é bem-vinda e, por um instante, senti-me acuada.

— Tsugumi, pare com isso — disse. Acho que ela queria que alguém a persuadisse a parar, pois a impressão era de que ela mesma não sabia mais o que fazer. Os espectadores ficaram tensos com a minha presença e então me senti como o matador que dança diante do touro.

— Venha, vamos embora — eu disse, e fiquei apavorada quando peguei em seu braço. Seus olhos me fitaram com uma expressão serena, mas o braço estava extremamente quente. Fiquei assustada ao perceber que a raiva dela era tão intensa que a deixou com febre, e isso me fez calar. Tsugumi rapidamente afastou minha mão demonstrando indiferença. Quando tentei segurar o seu braço outra vez, a menina que acabara de brigar com ela deu meia-volta e apressou-se em sair dali.

— Ei, espere! — exclamou Tsugumi, tentando se desvencilhar de mim para recomeçar a briga. E bem nessa hora Yoko apareceu calmamente descendo as escadas.

— Tsugumi, o que você está fazendo? — indagou Yoko, aproximando-se de nós. Tsugumi parecia estar conformada com a situação.

Ela parou de espernear e me afastou lentamente com uma das mãos. Yoko olhou para os cacos de vidro, para as pessoas que estavam ao redor e para mim, perguntando com um ar de aborrecimento:

— O que aconteceu?

De repente, fiquei muda. Não importava o que dissesse, eu sabia que Tsugumi ficaria ainda mais magoada. Isso porque eu sabia o quanto era triste para Tsugumi ter de admitir que a causa da briga fora o seu estado de saúde.

— Bem... — quando tentei começar a explicar, Tsugumi interrompeu, dizendo em voz baixa:

— Deixa pra lá. Isso não tem nada a ver com vocês — era uma voz de desolação. Parecia que ela havia perdido toda energia. Após dizer isso, ela começou a espalhar calmamente os cacos de vidros sob os seus pés. O som seco dos cacos ecoou no corredor.

— Tsugumi... — quando Yoko a chamou, Tsugumi agarrou os próprios cabelos e balançou com tamanha violência a cabeça que parecia que se descabelaria até sangrar. Era como se dissesse: "Já chega!" Fiz com que ela parasse com aquilo, pois sua fúria a faria se machucar de verdade. Tsugumi se conformou, entrou na sala de aula, pegou a bolsa e saiu. Então, desceu as escadas e foi embora.

As pessoas que assistiam à cena também se dispersaram, os cacos de vidro foram recolhidos e Yoko foi se desculpar com a professora responsável pela turma de Tsugumi. Eu voltei para minha sala e, ao soar o sinal, as aulas prosseguiram como se nada tivesse acontecido. Mas minha mão continuava quente como se ardesse de febre. Era a febre de Tsugumi em minha mão. Uma sensação estranha que não se apagava e que permanecia como um legado permanente. Fiquei olhando para a palma da minha mão que formigava e pensando que a raiva de Tsugumi tinha vida própria, sendo capaz de circular através de seu corpo como sangue.

— Gongoro sumiu, acho que alguém o pegou.

Kyoichi apenas perguntara se Tsugumi estava em casa, mas sua voz ao telefone soou tão soturna e apressada que lhe perguntei se havia algo de errado. No mesmo instante, a imagem daqueles rapazes que encontramos no santuário e que se estranharam com Kyoichi me veio à mente acompanhada de um mau pressentimento.

— Por que você acha isso? — indaguei, começando a ficar impaciente e preocupada.

— A corda foi cortada — respondeu Kyoichi, tentando parecer calmo.

— Entendi. Já estou indo. Tsugumi foi para o hospital se consultar com o médico da família, mas deixarei um recado. Onde você está? — indaguei.

— No telefone público, bem no começo da praia.

— Fique aí, já estou indo — disse e desliguei o telefone.

Deixei o recado com minha tia, acordei Yoko que dormia no quarto e saímos em disparada enquanto eu lhe explicava o que havia acontecido. Kyoichi estava em pé diante do telefone. Ao nos avistar, a expressão de seu rosto ficou mais leve, mas os seus olhos continuavam tensos.

— Vamos nos dividir para procurá-lo — sugeriu Yoko. Ao observar o estado de Kyoichi, ela logo percebeu a gravidade da situação.

— Está bem. Eu vou em direção à cidade e vocês procurem na praia. Caso vocês encontrem os caras que pegaram Gongoro, não falem com eles. Eu volto logo — disse Kyoichi. — Estranhei que Gongoro estivesse latindo tanto e, quando cheguei, ele já havia sumido — depois de dizer isso, saiu correndo pela rua que conduzia à cidade.

Eu e Yoko nos separamos para procurar Gongoro, usando o dique como referência. Uma seguiu para a esquerda e a outra, para a direita. Começava a anoitecer. Algumas estrelas cintilavam no céu e o ar se adensava gradualmente como que sobrepondo camadas de tecidos azuis. Comecei a ficar cada vez mais preocupada e continuei a gritar o nome de Gongoro. Saí correndo e gritei várias vezes o seu nome do alto da ponte que passava pelo rio, dentro do bosque de pinheiros, mas ele não latiu de volta. Senti vontade de chorar. Toda vez que eu parava com a respiração ofegante, minha vista escurecia e o gigantesco mar parecia se estender vagamente diante de mim. "Se Gongoro se afogou, será difícil encontrá-lo nesta escuridão." Ao pensar nessa hipótese, eu ficava ainda mais preocupada.

Quando retornamos ao dique, Yoko e eu estávamos exaustas e suadas. Resolvemos, cada uma por si, procurar mais uma vez, chamando Gongoro pelo nome. O oceano e a costa estavam no breu, confundindo-se num espaço único de escuridão, e a impressão era a de que esse espaço engolia os nossos pequenos braços e pernas. A luz do farol girava num ritmo regular, iluminando nossa direção e o mar aberto.

— Então vamos — concordou, mas quando olhei em direção à praia, envolta nos tons escuros do crepúsculo, vi uma forte luz como a de um holofote, que passava pela ponte e nos alcançava. A luz se intensificava lentamente cruzando a praia.

— Não é Tsugumi? — murmurei, e minha voz se pronunciou misturada ao barulho das ondas.

— O que disse? — Yoko se virou e seus cabelos, desalinhados pelo vento, brilharam em meio à escuridão.

— Aquela luz em nossa direção... Não é Tsugumi?

— Onde? — Yoko estreitou os olhos e concentrou-se no ponto de luz da praia.

— Está muito longe. Não dá para ver.

— Deve ser Tsugumi — afirmei com certa convicção. O fato daquela luz se aproximar de nós me fazia crer que era ela. Sem hesitar, gritei:

— Tsugumi!

Agitei os braços no meio da escuridão.

A luz distante piscou duas vezes e girou em círculos. Sim, era Tsugumi. A luz foi se aproximando lentamente de nós. Chegando ao dique, enfim enxergamos sua figura pequenina.

Ela veio ao nosso encontro em silêncio, com passos firmes e decididos, como que desafiando a escuridão. A luz revelou vagamente o seu rosto empalidecido e vimos que ela mordia os lábios. Ao reparar em seu olhar, logo percebi que ela estava com raiva. Segurava na mão esquerda a maior lanterna que havia na pousada e, na direita, carregava Gongoro, que estava molhado e parecia menor do que o normal.

— Você o encontrou! — pulei de alegria e corri em sua direção. Yoko também sorria satisfeita.

— Ele estava no outro lado da ponte — explicou Tsugumi. Ela me passou a lanterna e, com os braços magros, ajeitou Gongoro de modo a abraçá-lo com firmeza. — Ele estava nadando desesperado.

— Vou chamar Kyoichi — disse Yoko e saiu correndo em direção à praia.

— Pegue alguns pedaços de madeira para fazermos uma fogueira e secá-lo — ordenou Tsugumi, mantendo Gongoro nos braços.

— Se acendermos uma fogueira, levaremos bronca. Que tal voltarmos para a Pousada Yamamoto e usar o aquecedor? — sugeri.

— Do jeito que ele está molhado, é melhor uma fogueira. Se eu voltar desse jeito, eu é que vou levar uma tremenda de uma bronca da velha lá de casa — disse Tsugumi e indicou: — Coloque a luz em mim.

Fiz o que ela pediu, mas levei um susto quando a vi. Ela estava toda molhada da cintura para baixo e respingava pelo asfalto.

— Em que parte do rio ele estava? — perguntei com um tom de voz que denotava o quanto eu lamentava o ocorrido.

— Numa parte funda o bastante para você descobrir só de olhar para mim, idiota — disse Tsugumi.

— Entendi. Vou buscar madeira — e saí correndo em direção à praia.

No começo, Gongoro estava assustado e, todo rijo, tremia sem parar, mas com o passar do tempo acalmou-se e começou a andar em volta da fogueira.

— Ele aguenta o calor do fogo. Desde filhote, quando minha família saía para acampar, ele nos acompanha. É por isso que ele está acostumado com fogueira — comentou Kyoichi com um olhar doce iluminado pelas chamas.

Yoko e eu, que estávamos de cócoras uma ao lado da outra, concordamos balançando a cabeça. Era uma fogueira pequena, mas os ventos fortes daquela noite ligeiramente fria ajudavam a fazer emanar um calor perfeito. As ondas cintilavam na escuridão.

Tsugumi estava de pé, em silêncio. A saia finalmente começava a secar, mas continuava escurecida e grudada em suas pernas. Ela se limitava a contemplar o fogo e, de vez em quando, alimentava-o com os pedaços de tábua e troncos de madeira que eu havia encontrado boiando na água. Confesso que permaneci quieta por estar com medo de ver os olhos enormes e a pele alvíssima de Tsugumi iluminados pelo fogo.

— Acho que ele já está bem mais seco, não é? — comentou Yoko, afagando Gongoro.

— Depois de amanhã vou levá-lo para casa — disse Kyoichi.

— O quê? Você vai voltar para casa? — indaguei. Tsugumi também demonstrou surpresa e levantou o rosto.

— Não. Vou só levar o cachorro. Agora, depois desse incidente, fico com receio de deixá-lo na pousada. Não posso mais deixá-lo lá — disse Kyoichi.

— Por que depois de amanhã? — indagou Yoko.

— É que meus pais viajaram e, até depois de amanhã, não tem ninguém em casa — respondeu Kyoichi.

— Então, que tal pedirmos para o proprietário da casa dos fundos deixá-lo na casinha junto com Poti? — sugeriu Yoko. — Se o deixarmos lá, você não vai precisar se preocupar até depois de amanhã.

— Ótima ideia — concordei.

— Se pudermos fazer isso, agradeço — disse Kyoichi.

Nós, que estávamos sentados ao redor da fogueira, nos sentimos tranquilos e aquecidos.

— Tsugumi, que tal amanhã de manhã eu passar na sua casa para passearmos juntos? Se os cachorros estiverem no mesmo lugar, fica mais fácil, não é? — propôs Kyoichi olhando para Tsugumi, que permanecia em pé.

— Está bem — respondeu ela, esboçando um sorriso. De relance, foi possível notar seus dentes brancos iluminados pela luz do fogo. Ela estava em pé na escuridão e os cílios enormes faziam sombras em seu rosto enquanto suas mãos, pequenas como as de uma criança, estavam voltadas para a fogueira. Eu ainda achava que Tsugumi estava com muita raiva. Pela primeira vez em sua vida, ela estava irada por algo não relacionado a si própria, o que era incrível.

— Se isso acontecer de novo — continuou ela —, mesmo depois de nos mudarmos daqui, eu volto e mato aquele cara.

Apesar dessa ameaça, o seu olhar continuava límpido e a expressão de seu rosto era serena. Como estávamos acostumados a escutar esse tipo de coisa, ninguém ousou retrucar. Apenas depois de um tempo Kyoichi assentiu:

— É isso, Tsugumi.

Ao pronunciar "Tsugumi", sua voz ecoou e desapareceu rapidamente nas ondas. A noite se adensou e inúmeras estrelas iluminaram o céu. Sem ter avisado o pessoal de casa, estávamos na ponta do dique, receosos de ir embora. Todos amávamos Gongoro, ele era insubstituível. O cão, por sua vez, parecia capaz de perceber nosso afeto e, com o nariz fungando, retribuía colocando as patinhas em nosso colo e lambendo nosso rosto, como se, aos poucos, começasse a esquecer o medo que sentira. Os ventos fortes ameaçavam apagar o fogo, mas Tsugumi tratava de repor os galhos e os gravetos jogando-os na fogueira como se fossem lixo, e, com isso, as chamas voltavam a se intensificar. O crepitar da fogueira mesclava-se ao barulho das ondas e dos ventos que sopravam na escuridão às nossas costas. O mar continuava despejando suas águas calmas em direção à costa.

— Que bom que você está bem — disse Yoko, levantando-se com Gongoro no colo, depois de ele ter colocado novamente as patinhas sobre ela. E olhando para o alto-mar, com os cabelos compridos a esvoaçar em suas costas, Yoko comentou: — O vento está frio... Daqui a pouco começa o outono, não é?

"O verão está acabando."

Esse pensamento nos deixou um tanto ensimesmados. Por instantes, rezei para que o fogo não se apagasse e a roupa de Tsugumi permanecesse molhada para sempre.

No dia seguinte, Kyoichi identificou na cidade a casa de um dos rapazes que haviam sequestrado Gongoro e, levando-o até o santuário, encheu-o de socos. Kyoichi também estava todo machucado, mas, quando Tsugumi soube da história, ficou muito contente, e eu e Yoko nos dedicamos a fazer-lhe curativos nos ferimentos. Gongoro dormia tranquilo com Poti no jardim.

Faltava apenas um dia para que Gongoro voltasse para sua casa. Apenas um dia.

No entanto, naquela noite Gongoro foi raptado outra vez. Nós havíamos saído e, quando tia Massako ouviu os latidos e foi ver o que era, a portinhola estava aberta e somente Gongoro havia sumido. Poti, agitado, andava de um lado para outro arrastando a corrente.

Dessa vez, procuramos pela praia com vontade de chorar. Nós quatro a vasculhamos até a madrugada, sem descanso. Pegamos um bote emprestado e iluminamos o mar; pedimos a ajuda de amigos para procurar nos rios e na cidade.

Mas, dessa vez, a sorte não estava do nosso lado. Gongoro nunca mais apareceu.

Buraco

— Você vai voltar enquanto eu estiver aqui, não vai? — indagou Tsugumi, fitando Kyoichi com um olhar apreensivo. Ela parecia tentar conter as lágrimas e tinha a expressão mais triste do mundo.

— Sim. Devo voltar dentro de três ou quatro dias — respondeu Kyoichi, rindo. Ao vê-lo caminhar na praia sem o seu companheiro Gongoro, a impressão era de incompletude, como se lhe faltasse um braço ou uma perna. E, de fato, o que ele havia perdido nesta terra desconhecida não deixava de ser uma parte dele.

— Certo. Você não é mais uma criança. E não é daqueles incapazes de morar longe dos pais, ou é? — disse Tsugumi.

O mar do entardecer refletia a luz dourada do sol. Os dois conversavam essas coisas caminhando no dique, em direção ao porto, enquanto Yoko e eu seguíamos logo atrás deles. Fomos nos despedir de Kyoichi. Yoko estava com cara de quem choraria a qualquer momento e eu, estranhamente distraída, sentia nas bochechas o sopro suave da brisa de outono.

"Voltarei para Tóquio na próxima semana."

Naquele verão, quantas vezes contemplei o pôr do sol no mar, deitando seus últimos raios cintilantes a leste da linha do horizonte?

O porto estava movimentado com as pessoas que aguardavam o último navio do dia, previsto para chegar em alguns minutos. Kyoichi jogou a mochila ruidosamente no chão e, ao sentar sobre ela, chamou Tsugumi para que ficasse ao seu lado. A imagem dos dois sentados e fitando o mar distante tinha algo de melancólico, mas, não sei por que, também era carregada de uma força inflexível, como um cão à espera de seu dono.

Ondas reluzentes anunciavam a chegada do outono. Toda vez que eu contemplava o mar dessa estação, um sentimentalismo bucólico me provocava um aperto no coração, mas, naquele ano, a dor das pontadas me pareceu mais forte do que nunca, diante dos acontecimentos inusitados e tristes. Tive de conter as lágrimas ao me despedir e, para disfarçar, comecei a pressionar as têmporas e chutar para o mar as rações usadas como iscas de pesca que estavam espalhadas pelo chão.

De todo modo, isso também se deve ao fato de eu ter me sensibilizado ao ouvir a voz de Tsugumi repetindo de forma insistente coisas como "Quando você volta?", ou "Se tiver tempo para ficar de papo no telefone, então trate de pegar logo o trem e retornar, certo?". A voz cristalina de Tsugumi mesclava-se ao barulho das ondas compondo uma linda e inusitada melodia.

— Não se esqueça de mim só porque estará longe — bradou Tsugumi, como se falasse para si mesma.

Vindo do alto-mar, o navio se aproximou do porto em linha reta desafiando as ondas. Tsugumi se levantou e, olhando em nossa direção, Kyoichi ajeitou a mochila nas costas, dizendo:

— Até breve! Aliás, Maria, fiquei sabendo que você também vai embora. Talvez a gente se desencontre, não é? Mas um dia vamos nos reencontrar com certeza. Venha se hospedar no hotel quando ele ficar pronto, está bem?

— Vou, sim, mas trate de me dar um bom desconto! — disse estendendo-lhe a mão.

— Combinado — nosso amigo de verão pôs sua mão quente sobre a minha e nos despedimos.

— Kyoichi, quando nos casarmos, vamos encher o jardim do hotel com cães e chamar esse espaço de "Palácio dos Cachorros" — decretou Tsugumi, com uma voz inocente.

— Vou pensar no assunto... — respondeu Kyoichi, com um sorriso amarelo. Em seguida, cumprimentou Yoko, que estava prestes a chorar: — Muito obrigado por tudo — disse ele.

O navio atracou e a ponte de embarque foi logo posicionada. As pessoas formaram uma fila e começaram a subir. Kyoichi olhou para Tsugumi e despediu-se:

— Até breve.

Tsugumi prontamente respondeu:

— Se pensar em se despedir de mim com um aperto de mão, eu te mato — e o abraçou.

Foi um abraço ligeiro, mas Tsugumi não conseguiu conter as lágrimas que caíam em profusão, empurrando-o em direção ao navio logo em seguida. Sem dizer nada, Kyoichi fitou Tsugumi e subiu como último da fila.

O apito soou e o navio começou a se mover lentamente em direção a um mar e um céu cujos contornos se fundiam. Kyoichi ficou em pé no convés acenando o tempo todo. Tsugumi permaneceu agachada e, sem retribuir os acenos, observava o navio distanciar-se.

— Tsugumi — chamou Yoko quando já não se via mais o navio.

— A cerimônia terminou — anunciou Tsugumi ao se levantar como se nada tivesse acontecido. — Onde já se viu querer voltar para casa só porque o cachorro morreu? Por mais que se diga isso ou aquilo, ele não passa de uma criança de dezenove anos que veio até aqui para passar as férias de verão.

Tsugumi murmurou esse pensamento consigo mesma, sem se dirigir a nenhuma de nós, mas seu comentário sintetizava claramente o que eu também pensava a respeito, de modo que concordei:

— Tem razão.

E como se fosse última cena de um filme, nós três permanecemos em silêncio, em pé na extremidade do cais, observando as cores do crepúsculo que refletiam os últimos raios do sol depois de se pôr no horizonte.

Cinco dias se passaram e Kyoichi ainda não havia retornado. Tsugumi estava com raiva e toda vez que ele telefonava, ela desligava.

Quando eu estava no quarto escrevendo um trabalho da faculdade, Yoko bateu na porta e entrou.

— Aconteceu alguma coisa? — indaguei.

— Você sabe onde Tsugumi tem ido todas as noites, nestes últimos tempos? — indagou Yoko. — Agora, por exemplo, ela não está em casa, sabia?

— Ela não foi passear? — arrisquei. Depois que Kyoichi partira, Tsugumi andava muito nervosa e extremamente mal-humorada. Fiquei com pena e tentei me aproximar dela, mas como ela descontava a raiva em mim, achei melhor deixá-la de lado.

— Mas Poti está nos fundos — indicou Yoko preocupada.

— Ah é? — disse ressabiada. Normalmente eu não sabia o que Tsugumi fazia, mas, dessa vez, eu tinha um palpite.

— Assim que eu tiver uma chance, pergunto, está bem? — respondi. Yoko concordou balançando a cabeça e, em seguida, deixou o quarto.

Por que será que as pessoas não conseguem enxergar a verdadeira Tsugumi? Kyoichi e Yoko acreditaram em sua encenação, de parecer inconsolável com a partida dele. Convenhamos que ela soube representar muito bem que a tristeza vencera o ódio. Mas ela jamais deixaria passar o fato de o cachorro ter sido morto. Tsugumi queria vingança. E era por isso que ela estava saindo todas as noites. "É uma idiota por fazer isso, com uma saúde tão fraca", pensei, sentindo brotar em mim uma ponta de irritação. Porém, eu não podia revelar o fato para Yoko.

Finalmente, Tsugumi parecia ter voltado, pois ouvi barulho no quarto dela. E, logo em seguida, escutei um latido agudo de cachorro.

Fui até o seu quarto e, ao abrir a porta corrediça, indaguei:

— O que está fazendo? Você trouxe Poti para dentro de casa? A tia vai te dar uma sur... — e interrompi a frase, tamanho o susto. Não se tratava do falecido Gongoro, é óbvio, mas ali estava um cachorro da mesma raça que, de tão idêntico, me deixou boquiaberta. — O que significa isso? — indaguei.

— Peguei este cachorro emprestado, mas pretendo devolvê-lo logo — respondeu Tsugumi, pondo-se a rir. — É que eu estava com muitas saudades de Gongoro.

— Pare de mentir — disse, sentando-me ao lado dela. Enquanto acariciava o cachorrinho, não pude reprimir minha fúria. Havia tempos não sentia esse espírito bélico, pois, se naquele momento eu não tentasse adivinhar o que ela planejava, ela se calaria sem dizer nada.

— De todo modo, você está pensando em mostrar esse cachorro para aqueles caras, não é? — indaguei.

— Muito bem. Você é mesmo muito esperta — respondeu Tsugumi, esboçando um breve sorriso. — Desde que passamos a viver longe uma da outra, estou farta de conviver com pessoas idiotas, incapazes de compreender o que penso.

— Ninguém é capaz de saber o que você pensa — respondi rindo.

— Então, quer saber o que aconteceu esta noite? — disse Tsugumi, pegando o cachorro no colo.

— Quero — disse, aproximando-me dela. Nessas horas, não importava o tempo transcorrido, nós sempre voltávamos a ser crianças que compartilham um segredo.

A densidade da noite de repente tornou-se mais profunda e senti meu coração palpitar.

— Eu investiguei a que tipo de grupo aqueles delinquentes pertencem. Você sabia que eu saía à noite, não é?

— Sim.

— Eles não são de nada. Parecem velhos, mas ainda são estudantes do segundo grau. Eles são baderneiros da região e costumam se reunir num bar na cidade vizinha.

— Você foi até lá?

— Sim, esta noite. Confesso que realmente fiquei com medo — contou Tsugumi, mostrando as palmas das mãos para mim. Elas não estavam tremendo, mas eram brancas e pequenas. Fitei com estranho interesse as mãos dela enquanto escutava o que ela tinha para contar.

— Eu segurei o cachorro nos braços e subi a escada do bar que ficava no andar de cima. Apesar de aqueles caras serem escória, sem valor nenhum, eles jamais teriam coragem de matar um cachorro sujando as próprias mãos. Com certeza, devem ter jogado Gongoro no mar... e talvez amarrado um peso nele, mas arrisco dizer que eles não verificaram se ele morreu ou não.

Ao imaginar o que eles fizeram com Gongoro, antes de sentir raiva, tudo escurecia diante de meus olhos.

— Eu só queria mostrar o cachorro. Mas havia o risco de ter muita gente e de alguém vir atrás de mim, não é? Por isso, quando abri a porta, senti muito medo. Mas tive sorte e deu tudo certo. Apenas um deles estava no balcão, e era um que eu já havia visto antes. Ele olhou alternadamente para mim e para o cachorro e arregalou os olhos. Eu também o encarei. Depois, virei as costas, fechei a porta e desci as escadas. Como eu sabia que não adiantava sair correndo, assim que desci as escadas, me escondi num canto. Por sorte, o cara abriu a porta mas fechou logo em seguida. Nesse meio-tempo, minhas pernas não paravam de tremer.

— Nossa, isso é que é aventura, hein!

— Sim, tanto que já me sinto febril — disse Tsugumi, esboçando um sorriso de satisfação. — Tenho a impressão de que, quando criança, todos os dias eu vivia aventuras igualmente perigosas. Acho que agora estou na fase da decadência.

— Não é uma questão de decadência. É que o seu corpo é fraco e, por isso, você não deve se comparar e querer fazer as mesmas coisas que as pessoas saudáveis costumam fazer — teorizei. O fato de Tsugumi me contar o que fazia me deixou um pouco mais tranquila.

— Vou dormir — disse Tsugumi, entrando debaixo das cobertas. — Você poderia prender o cachorro lá fora? Junto com Poti há o perigo de eles o levarem, por isso, acho melhor deixá-lo na área embaixo do terraço.

Como Tsugumi parecia bem cansada, assenti. Peguei o cãozinho e me levantei. Ao aproximar meu rosto de sua pequena cabeça, deixei escapar como que num pensamento alto:

Ele tem o cheiro de Gongoro.

Em voz baixa, ouvi Tsugumi concordar com minha observação.

Com o quarto escuro, dormi profundamente.

Enquanto sonhava, tive a impressão de escutar um barulho distante. Ao virar o corpo para a porta corrediça, com alguma dificuldade, identifiquei esse barulho como o de alguém aos soluços, subindo as escadas com passos pesarosos.

A medonha sensação de irrealidade que surge na escuridão finalmente me despertou.

Uma vez consciente, percebi que o barulho se aproximava e, por instantes, tal como num pesadelo, perdi a noção de onde eu estava. Um tempo depois, meus olhos se adaptaram à escuridão, e só então enxerguei vagamente meus braços e pernas, e a capa branca do futon.

Em seguida, escutei o som de uma porta se abrindo. "É do quarto de Tsugumi", pensei e, dessa vez, levantei-me afobada. Escutei uma voz:

— Tsugumi.

Era a voz de Yoko. Saí do meu quarto e olhei o de Tsugumi do corredor escuro. A porta estava aberta e Yoko permanecia em pé.

O quarto de Tsugumi possuía uma ótima incidência da luz do luar. Ela estava sentada na cama e seus olhos brilhavam na escuridão. A direção de seu olhar encontrava uma Yoko toda suja de barro, tremendo e soluçando. Diante dessa imagem Tsugumi se encontrava petrificada e tinha uma expressão de medo estampada no rosto.

— Yoko, o que aconteceu? — perguntei. Imaginei o pior, achando que talvez ela tivesse sido atacada por aqueles homens. Mas Yoko respondeu com a voz serena:

— Tsugumi, você deve saber muito bem o que acabo de fazer, não é?

Tsugumi, em silêncio, balançou a cabeça afirmativamente.

— Você não pode fazer aquilo — disse Yoko, limpando o rosto com a mão suja. E, nos intervalos dos incessantes soluços, continuou a falar com afinco: — Não dá para viver desse jeito.

Eu não estava entendendo nada e fiquei olhando para as duas irmãs que estavam frente a frente, sem acender a luz. Tsugumi olhou para baixo e, talvez por ter aprendido com Kyoichi, puxou rudemente a linda toalha sob o seu travesseiro, oferecendo-a a Yoko.

— Desculpa...

"Se Tsugumi está pedindo desculpas, então a coisa é grave", pensei e engoli em seco. Yoko balançou discretamente a cabeça, pegou a toalha e saiu do quarto enxugando as lágrimas. Tsugumi logo se enfurnou embaixo da coberta cobrindo a cabeça e, sem saber o que fazer, segui Yoko e desci as escadas.

— O que houve? — quis saber. Minha voz reverberou sonoramente pelo corredor escuro e, assustada com esse eco, comecei a falar mais baixo: — Você está bem?

— Sim. Obrigada — disse Yoko e sorriu... embora, no escuro, não desse para saber se ela sorria ou não, mas a escuridão me transmitia essa leve intuição de que ela estava sorrindo.

— Você sabe para que Tsugumi usou o cachorrinho? — indagou Yoko.

— Não faz muito tempo que eu o prendi no terraço.

— Maria, você foi enganada — afirmou Yoko e, sem querer, soltou uma risada. — Agora sei o que ela andava fazendo todas as noites.

— Ela não estava dando uma de detetive? — assim que disse isso, algo se iluminou. Tsugumi poderia perfeitamente ter verificado por telefone as informações sobre aquele bar da cidade vizinha.

— Ela estava cavando um buraco — disse Yoko.

— Como é que é? — levantei novamente a voz, e Yoko me conduziu ao quarto dela.

Ao entrar num recinto iluminado, todas as coisas que até então tinham acontecido no escuro pareciam vagas reminiscências de um sonho. Yoko estava toda suja de barro e, apesar de eu insistir para que fosse tomar banho logo, ela quis me contar o que havia acontecido.

— Eu vivi uma aventura — começou. E me contou a história do buraco.

"O buraco era enorme. E bem fundo. Como ela tinha sido capaz de cavá-lo? E a terra? Para onde teria levado? Ela só poderia ter feito aquilo durante a noite, enquanto todo mundo dormia e, ao amanhecer, tampava o buraco com uma tábua grossa, cobrindo-o de terra... Eu dormia profundamente e, não sei por que, de repente acordei; aguçando os ouvidos, tive a impressão de escutar um gemido. Senti muito medo, mesmo com a possibilidade de ser fruto da minha imaginação... Mas parecia vir do quintal dos fundos. Resolvi descer e averiguar. Você sabe muito bem que a emoção de viver uma aventura é muito atraente, não é? Pois então, abri a porta dos fundos... e, em plena escuridão, saí pelo quintal tateando, mas descobri que aquele barulho não vinha da pousada, e sim da casa do vizinho, nos fundos, onde ficava Poti. Cheguei a pensar na possibilidade de um ladrão ter entrado na casa e amarrado as pessoas, mas, nesse caso, seria estranho Poti não ter latido... Por isso, antes de mais nada, resolvi abrir a portinhola e ir até Poti para ver como ele estava. Quando pisei no quintal do vizinho... bem, você sabe como os odores ficam acentuados na madrugada, não é? Pois então, senti um cheiro forte de terra fresca, muito mais intenso do que o normal. Intrigada com o cheiro, permaneci em pé com a cabeça levemente inclinada, quando outra vez escutei um gemido. Um gemido que parecia vir de debaixo da terra... 'Não pode ser', pensei, mas mesmo assim aproximei meu ouvido do chão várias e várias vezes para me certificar de que aquele gemido vinha mesmo de lá. Conforme meus olhos se acostumaram com a escuridão, você acredita que vi Gongoro ao lado de Poti? Levei um baita susto! E, por um instante, me senti perdida, como que lançada para fora da realidade. Mas, observando bem, notei que a cor da pelugem era ligeiramente diferente da de Gongoro; porém o mais estranho era que os dois cachorros pareciam estar amordaçados. Fiquei sem saber o que fazer e sem entender o que estava acontecendo, mas, de todo modo, peguei uma lanterna e iluminei o chão. Quando vi que a terra que ficava na frente da casinha do cachorro estava diferente do resto, alcancei de imediato a pá e comecei a cavar desesperadamente. E uma tábua apareceu. Dei algumas batidas com o cabo da pá e logo ouvi um gemido. Depois, entrei em pânico. Segurei a tábua com as duas mãos de modo a arrancá-la com toda a força e, ao iluminar o buraco fundo e estreito, vi que havia um homem lá dentro. Dá para imaginar o medo que senti? Ele estava com fita adesiva na boca, com uma mancha de sangue na testa, esticando os braços amarrados e sujos de barro. Quando descobri que ele era um dos rapazes daquele grupo que pegara Gongoro, logo surgiu em minha mente a imagem de Tsugumi. Eu sabia que era ela quem tinha feito aquilo. O difícil foi puxá-lo, pois, apesar de conseguir segurar sua mão, toda vez que ele tentava subir, acabava escorregando. Para você ver como o buraco era fundo. Eu também fiquei toda enlameada, mas consegui salvá-lo e tirar a fita de sua boca. Ao observá-lo com atenção, notei que ele não passava de uma criança. Era, no máximo, um estudante do segundo grau. Sua expressão era a de quem estava prestes a chorar, mas, exaustos como estávamos, ficamos sentados em silêncio. Se bem que, obviamente, não havia o que conversar. E pensei em Tsugumi. Em todas as coisas que aconteceram desde quando ela era criança. E fiquei tão triste que, no quintal escuro, vendo o buraco fundo que ela fizera, não consegui parar de chorar. Enquanto eu estava absorta em pensamentos, o rapaz cambaleou até a portinhola e se foi. De todo modo, eu não podia deixar o buraco daquele jeito e, por isso, coloquei a tábua de volta e a cobri de terra... Então voltei para casa."

Após contar o que tinha acontecido, Yoko pegou uma muda de roupa limpa e desceu para tomar banho. Fiquei atordoada com a história e, perdida em pensamentos, voltei para o meu quarto. Ao passar em frente ao de Tsugumi, hesitei se deveria ou não entrar, mas, por fim, desisti.

Isso porque pensei na hipótese de encontrá-la chorando, decepcionada com tudo e com todos.

Tsugumi nunca fazia as coisas de qualquer jeito. Só de pensar no trabalhão que ela tivera para fazer o que fez naquelas madrugadas, eu sentia vertigens.

Noite após noite, ela cavara o buraco sem que ninguém notasse, tratando de transportar a terra com cuidado para não chamar a atenção. Além disso, saiu pela cidade à procura de um cachorro parecido com Gongoro. Para despistar, disse que pegara emprestado o bichinho, mas não se pode descartar a ideia de que ela o tenha comprado. Naquela noite, ela me enganou contando aquela aventura e, para me tranquilizar, pediu para que eu amarrasse o cachorro no terraço. Isso porque ela sabe que sou desconfiada e que minha intuição é boa. Em seguida, foi para o quintal, amarrou a boca dos dois cachorros para que não latissem diante do invasor, tirou a tábua que usava para camuflar o buraco e para que ninguém caísse nele, e a substituiu por um papelão ou algo parecido, de modo que aquilo se tornasse uma verdadeira armadilha. Se os rapazes aparecessem em grupo, o plano de Tsugumi certamente iria por água abaixo. Talvez ela tenha planejado ir até o bar prevendo que apenas um deles estaria por lá. E, durante a madrugada, sem ter certeza se ele voltaria ou não, ela o aguardou vigiando o buraco. Isso significa que aquilo podia não ter acontecido naquela noite. E o rapaz veio sozinho para verificar se Gongoro, que até então ele estava certo de ter matado, encontrava-se mesmo vivo. Tsugumi aguardou o momento certo, aproximou-se dele pelas costas e acertou-lhe a cabeça com alguma coisa. Enquanto ele ainda estava atordoado, ela fechou sua boca com fita adesiva e jogou-o para dentro do buraco. Em seguida, colocou a tábua de volta, jogou terra por cima e voltou para o quarto.

Sinceramente, não faço ideia se isso é mesmo algo possível de se fazer. Mas o fato é que Tsugumi o fez. Se Yoko não tivesse descoberto a tempo, ela teria realizado o seu plano. "Não entendo de onde vem essa energia que a faz ficar tão obsessiva a ponto de armar meticulosamente um plano como esse." Eu era incapaz de entender.

Debaixo do futon, eu não conseguia dormir pensando nisso. Ao amanhecer, observando da janela o céu do alvorecer, tive a impressão de enxergá-lo nebuloso, muito provavelmente como reflexo do meu estado de espírito. Por fim, resolvi acordar e contemplar o mar ainda envolto na escuridão. Mas o mar que deveria estar lá parecia ausente, imerso no breu azulado. O cenário tomou forma lentamente em minha cabeça ainda sonolenta.

"Tsugumi jogou fora a sua própria vida", pensei. O que Yoko já sabia havia muito tempo, finalmente me ocorreu com assombro. Kyoichi e o futuro significavam menos para ela do que aquilo. A intenção dela era realmente matar uma pessoa. Após Tsugumi preparar aquela armadilha, que exigira uma energia além dos limites de sua capacidade física, ela passou a acreditar seriamente que a morte daquele estudante ginasial importava menos que a de um cachorro que ela amava. Lembrei-me várias vezes da cena de quando nos encontramos naquela noite e ela me contou a sua aventura de modo estranhamente feliz. Tsugumi nunca vai mudar. Independentemente de ela amar Kyoichi, dos anos que passamos juntas, dos novos dias que estão por vir após a mudança e de Poti, nada disso exercerá uma mudança no coração de Tsugumi. Desde criança, ela nunca mudou e, desde sempre, vive sozinha no seu universo imaginário particular.

Ao pensar nisso, a cena de Tsugumi sorrindo com a cópia de Gongoro no colo aquecia e iluminava meu coração, como raios de sol. Uma imagem tão imaculada que me sensibilizava profundamente.

Presença

— Vocês acham que eu queria matá-lo de verdade? Minha intenção foi apenas lhe dar um pequeno susto e fazê-lo passar por uma experiência desagradável. Nada mais. E vocês ficam aí berrando e fazendo escarcéu. Vocês realmente são duas covardes.

Era isso o que eu esperava ouvir de Tsugumi. Vê-la rir e zombar da gente, fitando-nos com aquele olhar debochado como quem diz "idiotas".

Mas Tsugumi foi imediatamente hospitalizada. Febre, disfunção renal, baixa resistência decorrente do esgotamento físico, quer dizer, assim que terminou o "trabalho", seus problemas de saúde despontaram de uma só vez e a derrubaram.

"Qualquer um ficaria nesse estado depois de fazer aquilo", pensei, ainda abalada com o que acontecera, enquanto acompanhava Tsugumi, que gemia ao ser colocada no táxi rumo ao hospital. "Idiota! Logo agora que já estou de partida?", praguejei mentalmente. Não sei por que, ao observar o seu rosto contorcido de dor — face vermelha, testa franzida e olhos fechados —, brotou em mim um sentimento de ódio. Eu ainda tinha muitas coisas para conversar; queria passear com o cachorro na praia e me despedir do mar... com você,

Tsugumi. Cada uma dessas coisas que não poderiam mais ser realizadas provocaram em mim uma estranha sensação de tristeza. Ao entrar no táxi, tia Massako disse bem baixinho, num tom de murmúrio:

— Tsugumi, sua boba!

Por alguns instantes, levei um susto quando ouvi isso de tia Massako, mas quando ela olhou para mim trazendo mudas de roupa e toalhas, vi que seus olhos sorriam como quem diz: "Paciência, ela é impossível!" Retribuí o sorriso e acenei. O táxi partiu como que envolto por uma luz outonal.

Kyoichi voltou um dia após a internação de Tsugumi. Ele entrou em contato e nos encontramos à noite na praia.

— Você já foi visitá-la? — indaguei para puxar assunto.

Estávamos em pé, avizinhados pelo barulho das ondas que reverberava na escuridão, quando uma rajada de vento com grandes gotas de chuva soprou em nossa direção.

— Sim, mas como ela estava sofrendo demais, não pude ficar muito. Quase não deu para conversarmos — respondeu Kyoichi. De perfil, ele fitava o mar escuro sentado com o pé apoiado no quebra-mar. As mãos entrelaçadas, abraçando os joelhos, pareciam ainda mais brancas e grandes que o normal.

— Ela andou aprontando, não é? — questionou Kyoichi.

— Mas, seja como for, sei que é impossível detê-la. Ela sabe fingir inocência e fazer com que a pessoa que a questione se sinta culpada por pressioná-la.

Não pude deixar de rir e contei-lhe a respeito do buraco e sobre o pranto de Yoko.

Kyoichi ouviu a história em silêncio. Minha voz, mesclada ao barulho do mar, materializava uma vívida imagem de Tsugumi, cujo espectro se fazia sentir na escuridão pelas gotas geladas trazidas pelos ventos e que se chocavam contra nossas bochechas. Conforme eu colocava em palavras o que ela havia feito, a reluzente vida de Tsugumi cintilava intensamente aqui e ali, como as lanternas dos navios que piscam no oceano.

— Ela é uma peça rara — disse Kyoichi após ouvir a história e, contendo o riso, completou: — Um buraco? Onde é que ela estava com a cabeça, hein?

— Pois é — concordei, e comecei a rir. Na noite em que tudo aconteceu, não refleti sobre o ocorrido, em parte por estar nervosa e me sentir triste por Yoko, mas, pensando bem, aquela maneira distorcida e excêntrica de agir realmente tinha tudo a ver com o estilo Tsugumi de lidar com as coisas e, nesse sentido, não deixava de ser engraçado.

— Quando penso nela, de uma hora para outra embarco em coisas grandiosas — contou Kyoichi, como numa confissão. — Meus pensamentos começam a se associar a grandes questões como a vida e a morte. Isso não tem nada a ver com o fato de sua saúde estar debilitada. Quando vejo aqueles olhos e o modo como ela conduz a vida, não sei por que, começo a sentir que esses assuntos se tornam sérios.

Eu sabia muito bem o que ele estava tentando dizer. Seu comentário me atingiu em cheio e me aqueceu o peito.

Só o fato de Tsugumi estar presente fazia com que tudo se tornasse grande.

Em plena escuridão, reafirmei:

— Este verão foi divertido, e o estranho é que, ao mesmo tempo que parece ter passado rápido, também tenho a

impressão de que foi longo. O bom é que você estava aqui conosco. Tenho certeza de que Tsugumi se divertiu muito.
— Ela vai ficar bem, não vai? — perguntou Kyoichi. Balancei a cabeça afirmativamente com convicção. O barulho intenso das ondas e dos ventos soava peculiar diante de nossos pés. Fitei em silêncio as estrelas brilhantes que pontilhavam o céu noturno, como se estivesse a contá-las. Um tempo depois, disse:
— As internações sempre foram frequentes — minha voz parecia se confundir com a escuridão. Kyoichi contemplava o mar com um olhar fugaz, como se o vento fosse consumi-lo. Ele me pareceu muito mais triste e solitário do que nunca.
"Esta cidade sem a presença de Tsugumi; o amor pueril que encontrará novos caminhos a trilhar. No coração de Kyoichi devem existir várias constatações desse tipo que jamais serão verbalizadas. Jamais me esquecerei da cena daquele dia, não faz muito tempo, que vi aqui diante de meus olhos: os dois caminhando na praia com os cães. Dias que se amalgamaram perfeitamente à paisagem cotidiana da praia."
Uma cena muito bonita que guardarei com carinho em meu coração.
Eu e Kyoichi permanecemos em silêncio durante um longo tempo, tão longo a ponto de nossos cabelos ficarem completamente úmidos. Em perfeita comunhão, ficamos em pé a contemplar a imensidão do mar sem fim.

Na véspera de meu retorno a Tóquio, fui visitar Tsugumi.
Tia Massako a havia internado num quarto individual para não constranger ninguém com as suas atitudes insolentes. Bati à porta e, como não houve resposta, resolvi entrar em silêncio.

Tsugumi dormia.

A pele alva de brilho tênue continuava a mesma, mas notei que ela estava extremamente magra. Os cílios longos em suas pálpebras fechadas, os cabelos espalhados no travesseiro... Estava tão linda e com uma expressão tão inocente que tive medo de olhá-la, pois ela parecia ser a própria Bela Adormecida. Era como se aquela Tsugumi que eu conhecia tivesse desaparecido.

— Vamos, acorde! — disse, dando batidinhas em suas bochechas.

— Hum — reclamou Tsugumi, despertando. Seus olhos grandes como pedras preciosas me fitaram.

— O que foi? Não viu que eu estava dormindo? — disse Tsugumi com a voz fanhosa e esfregando os olhos. Fiquei aliviada e sorri.

— Vim me despedir de você, pois vou embora. Até a próxima e vê se fica boa logo, está bem? — eu disse.

— Como é que é? Você é cruel e sem coração — resmungou Tsugumi com uma voz tão lamentável que só saiu a muito custo. Ela não tinha forças para se sentar e, por isso, ficou deitada de lado, fitando-me com gravidade.

— A culpa é sua. Fez por merecer — repliquei, rindo.

— Tem razão — Tsugumi também deu uma discreta risada e prosseguiu: — Sabe, tem uma coisa que só vou dizer a você: desta vez, sinto que não tem mais jeito. Com certeza morrerei.

Levei um susto e, rapidamente, sentei na cadeira ao lado da cabeceira para ficar perto dela:

— Pare de falar bobagem — disse um tanto desnorteada com suas palavras. — Eles dizem que você está se recuperando. Por que você acha que desta vez será diferente? Evitar que você abuse durante a recuperação é um forte argumento para que permaneça internada. É como se aqui fosse uma espécie de hospital psiquiátrico. O fato de você estar aqui não tem nada a ver com a questão de vida ou morte. Por isso, aguente firme.

— Não é isso — interveio Tsugumi, com uma expressão grave no rosto. Seu olhar sombrio denotava uma seriedade que eu jamais havia visto. — Você sabe muito bem o que quero dizer. Viver ou morrer agora não tem nada a ver com o que você está falando. A questão é que perdi a motivação de fazer as coisas. Já não tenho mais nenhuma.

— Tsugumi...

— Saiba que, até hoje, eu nunca senti isso — continuou com uma voz que denotava fragilidade. — Nunca, em nenhum momento, senti tamanha indiferença diante das coisas. Parece que algo se esvaiu de meu corpo. Até hoje, nunca me preocupei com a morte. Mas, agora, sinto medo. Por mais que eu tente me esforçar para seguir em frente, a única coisa que sinto é irritação. Fico pensando nisso durante a madrugada. Se eu não conseguir me reanimar, sei que vou morrer. Agora, dentro de mim, não existe emoção. Isso nunca aconteceu comigo. Não sinto raiva de nada. Virei uma reles garotinha acamada. Agora entendo aquele cara que sentia medo ao ver as folhas se desprenderem e caírem uma a uma. E as pessoas ao meu redor, de agora em diante, vão me fazer de boba ao perceber que estou enfraquecendo dia a dia e desaparecendo. Só de pensar nisso, sinto que vou enlouquecer.

— Mas... — e me calei, surpresa com a seriedade com que Tsugumi desabafava e admitia a própria arrogância por nunca antes ter sentido esse tipo de coisa. Talvez estivesse sofrendo com a desilusão amorosa ou por ter levado bronca

Tsugumi

de Yoko. Ela tinha razão. Aquela energia que emanava dela, mesmo estando febril, parecia então se apagar.

— Se você consegue dizer isso é porque está fora de perigo — afirmei a Tsugumi, que olhava o céu com uma expressão de impaciência.

— Espero que você tenha razão — disse Tsugumi voltando os olhos para mim. Seus olhos, límpidos como bolas de vidro, que eu conhecia desde pequena e que me fitaram centenas, milhares de vezes, eram isentos de mentiras. *Um olhar de brilho intenso e profundo, imutável e eterno.*

— É claro que sim — respondi.

Ao constatar que Tsugumi sentiu, pela primeira vez, a dor que em geral as pessoas sentem, fiquei assustada. Se ela de fato perder aquela energia, provavelmente morrerá, pensei. Para fugir dessa intuitiva constatação, resolvi me despedir:

— Então, vou indo — e me levantei.

— Não acredito que você está dizendo isso — disse Tsugumi, elevando a voz. Caminhei rapidamente em direção à porta com o intuito de me despedir sem delongas, como fazem os adolescentes, e só me voltei para ela quando saí do quarto.

— Até breve — e virei as costas. Enquanto caminhava pelo corredor do hospital, as injúrias dela me acompanharam como uma música de fundo: "Sua idiota, chata! Não posso acreditar que você é capaz disso. Esta pode ser a nossa última despedida e você acha a escola mais importante, é? Você não tem sentimentos, é por isso que não consegue ser popular..."

Quando saí do hospital, já era noite.

Senti um sutil cheiro de maresia trazido pela brisa. Naquela península, todos os cantos da cidade parecem estar cercados pelo mar. Caminhando pela estrada noturna, fiquei com uma ligeira vontade de chorar.

* * *

Na manhã seguinte, o dia claro com seus raios de sol cintilantes fazia parecer que estávamos em pleno verão. Mas sentia-se a presença do outono.

Desfrutei da refeição matinal preparada por tia Massako com muito prazer e gravei cuidadosamente em meu coração a atmosfera que reinava no café: a mesa farta de frutos do mar fresquinhos que tia Massako comprava todas as manhãs no mercado, a refeição que ela preparara e tudo o mais.

— Tsugumi não tem jeito mesmo. Onde já se viu não poder sequer te acompanhar até a estação? — comentou tia Massako e, com a mesma entonação, indagou com um sorriso no rosto: — Yoko, você quer mais alguma coisa? — ao escutar seu alegre tom de voz, fiquei mais tranquila, dizendo a mim mesma repetidas vezes que Tsugumi estava bem.

— Leve isto para minha irmã, está bem? — pediu tia Massako, colocando em vasilhas o *tsukudani*, mariscos cozidos em molho de soja, e o *tsukemono*, conservas de legumes em salmoura. Ao observar a agilidade com que ela embrulhava as vasilhas num pano branco, comecei ali mesmo a sentir saudades daquela minha tia querida.

Na hora de ir embora, meu tio e minha tia foram comigo até o terraço da frente para se despedir. Yoko disse que me acompanharia até o ponto de ônibus e foi buscar a bicicleta. Fui até Poti para me despedir dele e depois voltei à pousada para agradecer aos meus tios:

— Muito obrigada por tudo.

— Venha nos visitar na pensão, está bem? — disse meu tio, abrindo um sorriso.

— Foi um verão divertido, não acha? — indagou minha tia.

Deixar a Pousada Yamamoto sob o sol abrasador não foi tão difícil. Saí como sempre costumava fazer para comprar uma coca e, quando olhei para trás, já estava longe. De relance, vi meu tio e minha tia entrando na pousada.

Caminhei ao lado de Yoko.

Ao vê-la andando ao meu lado, baixinha, com os cabelos balançando na altura dos ombros e os olhos semicerrados para conter a luz ofuscante, senti uma profunda emoção, como em uma cena de filme. No trajeto rumo ao ponto de ônibus havia inúmeras pousadas antigas que se concentravam nas ruas secundárias. E em todos os locais pelos quais passávamos, havia inúmeras ipomeias que começavam a murchar. Minhas lembranças se confinaram no clima seco do meio-dia, contidas nessa peculiar cidade litorânea.

Eu e Yoko sentamos nos degraus de pedra da bilheteria da parada de ônibus e tomamos picolé. É impossível saber a quantidade de picolés que eu e ela tomamos durante todos os verões que passamos juntas. Desde que eu me entendo por gente, costumávamos comprar picolés com a nossa mesada. Tsugumi roubava descaradamente o picolé da irmã e sempre o engolia de uma só bocada, fazendo-a chorar.

Uma emoção intensa e pungente comprimia meu coração. Era como estar diante de um brilho ofuscante capaz de fazer desaparecer deste mundo a cidade inteira e todas as pessoas.

Yoko olhou para o céu protegendo os olhos com a mão e disse:

— Será que este será o último picolé que vamos tomar este ano?

— De jeito nenhum. Sempre encontraremos uma desculpa para novos picolés — respondi, rindo.

— Não sei por que estou desanimada. Mês que vem vamos nos mudar... — começou Yoko. — Ainda não caiu a ficha. Acho que só vai cair quando mudarmos de fato — Yoko olhou para mim sorrindo, demonstrando estar tranquila. Era como se estivesse decidida a não chorar naquele dia.

— Primas serão primas para sempre — disse.

— Não importa onde estiverem.

— Isso mesmo. Irmãs serão irmãs para sempre — disse Yoko, dando uma risadinha.

— Tsugumi anda estranha estes dias. Será que ela não quer se mudar? Ou será que ela consumiu toda a energia por ter se esforçado demais cavando aquele buraco? — fiz esse comentário em parte para sondá-la. Yoko respondeu:

— Hum... Bem... Acho que você tem razão. Ela está meio esquisita. Parece obcecada por fazer algo. Na frente de Kyoichi ela age como sempre, mas, por exemplo, quando eu a visito, bato na porta e ela não responde. Então abro a porta em silêncio e, ao ser pega de surpresa, ela rapidamente esconde debaixo das cobertas alguma coisa que, pelo barulho, parecem ser papéis. Sempre pergunto o que ela está fazendo, digo que ela tem que tentar descansar, mas, sabe, quando deixo o quarto para colocar água quente na garrafa térmica ou para fazer outra coisa, ao voltar ela está naquilo outra vez, escrevendo algo.

— Escrevendo? — indaguei surpresa.

— Isso mesmo. Ela está escrevendo alguma coisa. E do jeito que ela está compenetrada nisso, em vez de sarar, pode até piorar. Realmente, não sei o que se passa na cabeça dela.

— Ela continua febril?

— Sim. À noite a febre aumenta e de manhã, baixa. É um ciclo.

— O que será que ela está escrevendo? Será que são poemas? Ou um romance?

Tsugumi e "escrever" era uma combinação tão improvável que fiquei desconfiada.

— Não sei o que Tsugumi está pensando — disse Yoko, esboçando um sorriso.

Jamais me esquecerei de Yoko. De sua postura elegante, a dignidade que ela empregava em todas as coisas que fazia. No meu coração, a suave lembrança de Yoko estará sempre presente junto com a de Tsugumi — independentemente de onde eu estiver e da pessoa adulta que eu vir a me tornar.

— Você não acha que hoje está muito quente? Parece que estamos em pleno verão, não é? — reiterou Yoko, novamente voltando-se para o céu. Olhei para o seu queixo arredondado. Aliás, era estranho como eu conseguia ver tudo tão claramente. Era como se eu captasse as imagens de minha terra natal com lentes especiais, com serenidade e mantendo a respiração tranquila.

O ônibus estacionou lentamente.

Mesmo ao embarcar, eu não conseguia deixar de sentir uma pontada de tristeza, apesar da intensa claridade do meio-dia. "Se Tsugumi estivesse aqui, talvez ela conseguisse apagar essa tristeza com sua poderosa luz. Ela estaria zombando da nossa cara e dando risada, chamando Yoko e eu de idiotas."

Ao observar Yoko pela janela acenando para mim e se distanciando pouco a pouco, eu sabia que tudo o que eu mais queria era a presença de Tsugumi ali conosco.

Chovia em Tóquio.

Ao desembarcar na estação da cidade, não sei se pela diferença de clima ou pelo frio, ou ainda pela multidão que se aglomerava, a sensação era de que as coisas estranhamente gravitavam.

Acho que era reflexo do meu estado de espírito.

Apesar de eu estar de volta, tudo parecia distante como o cenário de um sonho antigo. Eu esbanjava saúde por ter me esbaldado com o cheiro de maresia durante um mês.

Ao ver a cidade acinzentada, enevoada pela chuva, sem querer meus pensamentos tomaram uma direção inesperada.

"Minha vida verdadeira só está começando."

Em meio à multidão, desci cambaleante as escadas com as enormes bagagens quando, de repente, avistei minha mãe. Rapidamente, fui ao seu encontro.

— Ué, você aqui? — indaguei. Ela segurava uma cesta de compras e sorriu ao me ver:

— Aproveitei que vim fazer compras e resolvi passar por aqui para te buscar. Você está sem guarda-chuva, não é?

— Estou.

— Vamos?

Ao caminhar juntas sob o mesmo guarda-chuva, senti que a cada passo ela me conduzia à realidade.

— Você se divertiu?

— Muito.

— Está bem bronzeada.

— Os dias estavam ensolarados.

— É verdade que Tsugumi arranjou um namorado? Seu pai me contou, todo admirado.

— Isso mesmo. Durante o verão, nós nos tornamos amigos e nos divertimos muito.

— Tsugumi foi internada? Durante um bom tempo ela parecia estar tão bem!

— Acho que ela se excedeu durante o verão.

A voz de minha mãe, que estava ao meu lado sob o guarda-chuva, soou doce e serena. Enquanto caminhava para casa passando pela área comercial, senti nitidamente o calor do verão brotar em meu coração mais uma vez. E, mais do que nunca, senti um imenso carinho por Tsugumi.

Tsugumi apaixonada. Sua expressão sorridente.

— Seu pai não via a hora de você voltar. Hoje ele disse que vai sair cedo do trabalho. Eu também senti muito a sua falta. Sem você, não tem graça. Hoje vou preparar os pratos de que você gosta — disse minha mãe, abrindo um sorriso.

— Que bom poder comer em casa. Já faz tanto tempo que não saboreio sua comida. E tenho muito o que contar — anunciei, embora não considerasse falar sobre o episódio do buraco. Assim como eu não pretendia contar o quanto Kyoichi parecia gostar de Tsugumi quando o vi em pé diante do mar noturno. E também não contaria sobre as lágrimas de tristeza de Yoko. Porque essas não são coisas para serem reveladas, mas tesouros que guardarei no coração.

E foi assim que meu verão chegou ao fim.

A carta de Tsugumi

Após retornar a Tóquio, fiquei um tempo sem ação, perdida em pensamentos.

Na escola também havia muitos alunos com a sensação letárgica das férias de verão e, durante um período, eu e meus colegas de classe comentávamos que parecíamos estar "brincando de escolinha". Mas toda vez que o assunto era esse, eu não podia deixar de sentir que meu verão fora, de certo modo, um pouco diferente dos demais.

Eu realmente estivera num outro mundo.

A vigorosa energia de Tsugumi, a intensidade dos raios do sol de verão na praia, o amigo novo que fizera... um conjunto de coisas criando um espaço novo, diferente de qualquer outro onde eu já estivera. Um mundo muito mais resistente e vibrante do que o real; tão vívido quanto a terra natal com a qual o soldado sonha momentos antes de morrer. Mas, sob a tênue luz de setembro, vi que não havia nada de palpável disso em minha vida. Por isso, ao ser indagada sobre as minhas férias, limitava-me a responder: "Ah! Passei em minha cidade natal e me hospedei de graça na pousada de parentes." E, para mim, aquele fora o verão que condensou a essência de todas as saudosas reminiscências do passado.

Toda vez que eu pensava nisso, cogitava: "Será que Tsugumi sentia a mesma coisa?"

Certo dia, meu pai fraturou a perna. Ele estava no depósito da empresa e caiu da escada segurando um material pesado que ele retirara do alto da prateleira. Minha mãe e eu, desesperadas, fomos correndo para o hospital e, ao chegar lá, o encontramos na cama esboçando um sorriso tímido. Digamos que sua capacidade de lidar com a dor emocional era muito fraca, embora forte para enfrentar a dor física.

Voltamos tranquilas para casa e, como ele ficaria internado dois ou três dias, minha mãe precisou voltar ao hospital para levar mudas de roupa.

Foi quando o telefone tocou.

Tive a intuição de que a ligação trazia alguma notícia desagradável. De imediato, me veio à mente o rosto de meu pai. Atendi lentamente:

— Alô?

Mas a ligação era de Yoko.

— O tio e a tia estão aí?

— Não. Meu pai quebrou a perna e está hospitalizado. Que coisa, não? — disse, rindo. Yoko, porém, não retribuiu a risada e disse:

— Parece que o estado de saúde de Tsugumi não está nada bom.

Permaneci em silêncio. Lembrei-me daquele dia em que fui visitá-la no hospital. Seu rosto estava pálido e, de perfil, ela insistia em dizer que estava prestes a morrer. Então era isso. A intuição de Tsugumi nunca falhava.

— Não está bom? — balbuciei finalmente.

— Até a hora do almoço, o médico dizia que ela parecia fora de perigo, mas, na verdade, desde ontem ela está praticamente inconsciente. A febre está muito alta e, de repente, ela piorou...

— Ela pode receber visitas?

— No momento, não. Minha mãe e eu estamos direto no hospital — a voz calma de Yoko indicava que ela mesma ainda não assimilara o que estava acontecendo.

— Entendi. Vou dar um jeito de sair amanhã bem cedo para chegar aí o quanto antes. Seja qual for o seu estado de saúde, vamos nos revezar, está bem? — disse. Minha voz também expressava calma, contrariando o que eu estava sentindo. E ecoava com a força de uma promessa. — Falou com Kyoichi?

— Eu o avisei e ele também ficou de vir o quanto antes.

— Yoko — disse —, se houver qualquer mudança, não hesite em me ligar, mesmo durante a madrugada, está bem?

— Sim, claro. Pode deixar.

Desligamos. Assim que minha mãe voltou para casa, contei-lhe a má notícia e ela disse que, no dia seguinte, deixaria meu pai sozinho para poder me acompanhar e ajudar a cuidar de Tsugumi. Começamos a arrumar as coisas para a viagem.

Levei o telefone para o quarto e dormi com ele ao lado do meu travesseiro. "Se tocasse...", pensava. O sono era leve na profundidade da noite. Durante os sonhos desconexos que me faziam ir e vir num sono inconstante, mantive a consciência quanto à existência do telefone. O aparelho ficou a noite toda ali, frio e desagradável como um pedaço de ferro enferrujado.

Yoko e Tsugumi nunca se ausentavam dos meus sonhos. As imagens eram irritantemente fragmentadas, mas, toda vez que eu via Tsugumi, sentia algo de sagrado e sutilmente doce. Ela, como era de se esperar, aparecia com a cara amarrada e ficava de conversa fiada na praia e na Pousada Yamamoto com aquele seu jeito insolente. E, mesmo incomodada, eu sempre estava ao lado dela. Ao lado de Tsugumi, como sempre.

Acordei e me espreguicei com a luz da manhã iluminando minhas pálpebras fechadas. O telefone não tocou. "Como será que está Tsugumi?", pensei enquanto abria as cortinas.

Era uma linda manhã.

O outono realmente chegara. O céu se tingia de uma límpida coloração verde pálida e as folhas das árvores farfalhavam suavemente ao sabor dos ventos. Tudo se impregnava do aroma de outono, criando um mundo transparente e silencioso. Eu não via uma manhã de luz tão ofuscante havia tempos e, por isso, contemplei a paisagem durante um momento sem pensar em nada. A vista era tão deslumbrante que fazia doer meu coração.

Apesar de não termos notícias do estado de saúde de Tsugumi, decidimos partir e, enquanto eu e minha mãe tomávamos o café da manhã, o telefone tocou.

Era tia Massako.

— Como ela está? — indaguei. Tia Massako parecia estar sem graça e respondeu rindo:

— Pois então...

— Tsugumi está bem? — insisti.

— Então, do nada, ela se recuperou de um tal modo que nem parece que estava doente. Acho que fizemos tempestade em copo d'água — respondeu tia Massako.

— É mesmo? Verdade?

Senti como se toda a força do meu corpo se esvaísse.

— Desde a tarde de ontem, o estado de saúde dela piorou de repente e, como isso era algo que não acontecia havia muito tempo, acabamos nos precipitando. O médico também havia dito que ela não estava nada bem e tentou fazer de tudo para salvá-la. Mesmo assim, ele estava admirado com sua força vital. Por um momento, eu não sabia o que poderia acontecer, mas agora de manhã ela está tranquila, dormindo como um bebê. É inacreditável... Em relação à saúde de Tsugumi, já passamos por muitas coisas, mas desse jeito foi a primeira vez. Creio que, de agora em diante, muitas outras coisas inimagináveis podem acontecer... — especulou tia Massako, como que resignada e preparada para o pior, mas sem deixar de ser otimista.

— Desculpem-me pelo transtorno que causei, incomodando-as desse jeito. Se eu precisar de ajuda, entrarei imediatamente em contato. Mas então, Maria, hoje você não precisa vir para cá. Fique tranquila e descanse. Sinto muito por tê-las preocupado.

— Mas que bom que ela melhorou — respondi. Ao mesmo tempo que me tranquilizei, senti algo se aquecendo em meu coração, como se meu sangue tivesse acabado de recomeçar a circular. Passei o telefone para minha mãe, voltei para o quarto e aconcheguei-me em minha cama. Fechei os olhos sob a luz da manhã e, enquanto escutava a voz distante de minha mãe conversando alegremente, adormeci. Dessa vez, o sono veio rápido.

Um sono suave e profundo.

Passados alguns dias, ao meio-dia, Tsugumi telefonou.
— Alô?
— E aí, feia! — mal atendi o telefone, e a voz de Tsugumi irrompeu para além dos limites do aparelho. Percebi então

quão inconcebível era perder aquela saudosa voz, tão familiar, inconstante e ruidosa. Do outro lado da linha, ouvi algazarras, a voz de alguém chamando um nome pelo microfone e crianças chorando.

— O quê? Você está no hospital? Está tudo bem? Melhorou? — eu quis saber.

— Sim. Estou bem, no hospital. Mas isso é o de menos. Onde já se viu acontecer uma coisa dessas? — Tsugumi começou a falar coisas sem nexo. — Só pode ter sido aquela enfermeira idiota que ouviu errado o endereço e enviou a carta. É uma tremenda imbecil.

— Do que você está falando, Tsugumi? — perguntei, supondo que ela poderia estar atordoada por causa da febre. Ela permaneceu quieta, sem me responder. Como o silêncio durou muito tempo, comecei a recordar e a trazer à lembrança a imagem de Tsugumi. Uma imagem que sintetizava as inúmeras cenas que eu presenciara no decorrer de todos aqueles anos... seus cabelos lisos e sedosos, o intenso brilho de seu olhar, seus pulsos finos. O movimento das linhas dos tornozelos quando ela andava descalça, seus dentes perfeitos quando sorria, o jeito como ela, de perfil, costumava franzir as sobrancelhas para esboçar uma expressão séria. O mar que se estendia diante de seus olhos, as ondas cintilantes que vinham de encontro à praia...

— Era para eu ter morrido, sabia? — Tsugumi de repente quebrou o silêncio.

— O que você está dizendo? Pare de falar que vai morrer depois de sair por aí saltitando pelos corredores do hospital — rebati, rindo.

— Idiota! Pois saiba que eu realmente estive a ponto de morrer. Senti minha consciência se distanciar gradativamente e, quando vi uma luz intensa, fiquei com vontade de passar para o outro lado... mas, quando me aproximei dessa luz, minha falecida mãe ordenou: "Não venha para cá!"

— Que mentira! Quem é essa mãe que morreu, hein? Havia tempos eu não notava Tsugumi tão bem e isso me deixou contente.

— Certo, isso que eu disse é mentira, mas saiba que eu estava correndo risco de vida. Fui definhando dia a dia, a ponto de achar que, dessa vez, eu não conseguiria escapar — contou Tsugumi, e prosseguiu: — Por isso, resolvi escrever uma carta para você.

— Carta? Para mim? — quase gritei, tamanho o susto.

— Isso mesmo. Sei que é vergonhoso admitir, ainda mais porque, no final das contas, estou aqui, viva. Pois então, a enfermeira que estava cuidando da carta me disse que já postou e, nesta altura do campeonato, mesmo que eu quisesse recuperá-la, não conseguiria. Sendo assim, eu poderia pedir que você jogasse a carta fora sem abrir o envelope, mas, como sei que você é uma pessoa de caráter ruim, acredito que fará questão de abrir e ler, não é? Tudo bem, leia — disse Tsugumi.

— Afinal de contas, você quer que eu leia ou não? — questionei.

"Tsugumi me escreveu uma carta..."

Isso me deixou estranhamente eufórica.

— Tudo bem, pode ler — respondeu Tsugumi, com uma voz de riso. — Eu realmente me sinto como se tivesse morrido. Por isso, o que digo na carta é verdade. Acho que, de agora em diante, devo mudar pouco a pouco.

Eu não conseguia entender o que Tsugumi estava tentando dizer. Mas senti que, em algum canto do meu coração, eu a compreendia, e isso me fez ficar calada por alguns segundos.

— Olha só, Kyoichi está chegando. Vou passar para ele. Tchau! — disse Tsugumi. Tentei chamá-la, mas ela já largara o aparelho, pois na sequência ouvi Kyoichi gritar:

— É para ficar no quarto! — e, em seguida, dizer: — Alô? — ele não fazia ideia de quem estava do outro lado da linha. Tsugumi realmente só fazia o que queria. Provavelmente devia estar andando pelos corredores em direção ao quarto. Com seu corpo pequenino, o peito estufado e sua autoconfiança digna de rainha.

— Alô? — atendi, um tanto constrangida.

— Ah, é você, Maria? — perguntou Kyoichi, rindo.

— Soube que Tsugumi passou por maus bocados — comentei.

— Sim. Mas agora ela está bem melhor. Por um tempo, as visitas estavam proibidas, pois seu estado de saúde havia piorado. Foi uma correria — respondeu Kyoichi.

— Mande lembranças para ela. Então, Kyoichi... você acha que, quando ela se mudar para as montanhas, vocês dois vão acabar se separando naturalmente? — a pergunta saiu de forma espontânea.

— Hum. Isso só vai dar para saber quando de fato nos separarmos, mas acho que não vou encontrar alguém tão forte e intensa como ela. Aquela garota é o máximo, realmente. Creio que nunca vou me esquecer deste verão. Mesmo que aconteça de nos separarmos, Tsugumi ficará em meu coração pelo resto da vida. Disso eu não tenho dúvida — disse Kyoichi. — E de agora em diante, em vez da Pousada Yamamoto, vocês sempre terão meu hotel. Poderão vir aqui quando quiserem.

— É mesmo? Então vamos nos reencontrar como neste verão, não é?

— Creio que sim — disse Kyoichi, rindo. — Ah! Yoko acabou de chegar na recepção. E trouxe lírios. Está se desculpando com uma paciente com quem trombou no canto de uma das salas... Está vindo para cá. Vou passar para ela, está bem? Tchau!

"Alô, alô? Quem é?" Yoko atendeu o telefone e, conversando com ela, me ocorreu que aquilo parecia um desfile. As pessoas chegavam uma após a outra. Eu estava sentada na poltrona de casa observando o céu através da janela enquanto conversava com Yoko. A luz do meio-dia iluminava o quarto formando um quadrilátero. Senti que, sem nenhuma razão aparente, meu coração estava preenchido por um sereno senso de determinação, ainda que sem contornos definidos. "A partir de agora, este será o meu lugar."

Para Maria,

Aconteceu o que eu previa, não é?

Ou, quando você receber esta carta, talvez esteja vindo para o meu velório. Isso, sim, é uma "caixa de correio assombrada".

O funeral na estação de outono é triste e desagradável, não é?

Ultimamente, escrevi muitas cartas a você. Escrevia e rasgava, e recomeçava a escrever. Por que será que escrevo para você? Não sei por que, acho que você é a única pessoa com quem convivo que é capaz de compreender corretamente o que digo e, de fato, consegue me entender.

Agora que estou prestes a morrer de verdade, meu único desejo é deixar uma carta para você. Muitas pessoas chorarão em vão, e só de imaginá-las tentando interpretar do seu próprio jeito o que elas acham que sou de verdade, me dá azia. Kyoichi possui algumas qualidades, mas o amor é uma batalha e, por isso, até que ele acabe, nunca devemos revelar nossas fraquezas a quem amamos.

Não sei como você, que é tão avoada, consegue discernir as coisas corretamente e em sua verdadeira grandeza. Isso é algo que não consigo entender.

E tem mais uma coisa. Desta vez, assim que fui internada, comecei a ler o romance "A zona morta". A princípio, iniciei a leitura apenas para matar o tempo, mas, surpreendentemente, a história era tão interessante que acabei lendo tudo de uma só vez. Isso foi me deixando pior e minha respiração ficou ofegante, mas, para alguém que, como eu, possui um corpo debilitado, a descrição das cenas em que o protagonista jovem ficava cada vez mais fraco era comovente. Ele sofre um acidente de carro e se machuca bastante, e a seguir tem início uma sequência de desgraças, uma atrás da outra, até a sua morte, e então, no final do capítulo, ele deixa uma carta para o pai e para a namorada. Cartas da zona morta. Ao ler as cartas, confesso que não pude evitar algumas lágrimas. Fiquei com muita inveja de poder escrever e receber cartas como o protagonista e, por isso, resolvi te escrever.

Um tempo atrás, quando cavava o buraco para derrubar aquele pivete nele, refleti sobre muitas coisas. Era um jeito de passar o tempo durante aquele trabalho que demandava esforço físico.

Outro dia, percebi subitamente, ao escutar o choro queixoso da bobona da Yoko, que se eu continuasse desse jeito, ela acabaria não casando para cuidar de mim. Foi nesse momento que eu percebi com clareza minha limitação. Me dei conta de que eu não passo de uma menina pálida, de saúde frágil, que vai viver o resto da vida assim, com rompantes de histeria e atitudes mimadas, apesar de eu só ter conseguido viver até hoje graças ao apoio e aos cuidados das pessoas que estão ao meu redor.

Obviamente, não estou nem um pouco arrependida da forma como vivi, e disso eu já sabia havia muito tempo.

Só sei que foi uma sensação estranhamente agradável pensar nessas coisas quando estava quase perdendo os sentidos e, por isso, não conseguia deixar de pensar que morreria em poucos dias. Aquilo de cavar um buraco daquele tamanho, com certeza, é um trabalho árduo até para uma pessoa saudável. Então, como meu último trabalho, acredito que ele tenha sido adequado e com o mérito de ter sido devidamente penoso.

Como eu cavava o buraco num quintal alheio, não poderia ser descoberta. Por isso, trabalhei somente durante a madrugada. Fui cavando e transportando a terra pouco a pouco.

Quando estava terminando de cavá-lo, o buraco já estava fundo e, lá de baixo, eu olhava para as estrelas no céu. A terra era dura, minhas mãos estavam cheias de cortes e, todas as noites, eu olhava para o céu aguardando a aurora do verão.

Do fundo do buraco.

Eu observava, de um estreito campo visual, o céu se iluminando pouco a pouco enquanto as estrelas começavam a desaparecer e, com o corpo exausto, eu pensava sobre inúmeras coisas. Se minha mãe visse as roupas sujas, ela desconfiaria, por isso eu vestia o maiô e colocava sempre a mesma jaqueta suja de barro. E constatei que não me lembrava de ter nadado no mar de maiô. Eu apenas assistia às aulas de natação e, pensando bem, não sei nadar em estilo crawl. Lembrei-me de que, todos os dias, a caminho da escola, eu sentia falta de ar quando subia a ladeira, e jamais participei daquelas longas reuniões matutinas realizadas no pátio do colégio. E digo que eu só não percebia essas coisas naquela época porque, em vez de ficar olhando para meus pés minúsculos, eu apenas contemplava o céu azul acima de mim.

Sinto falta de ar e o cobertor pesa sobre o meu corpo como a me esmagar. Não consigo me alimentar direito. A única coisa que consigo comer são as conservas de legumes que a velha lá de casa traz. Só rindo para não chorar, não é, Maria?

Até hoje, independentemente das coisas ruins que aconteceram, eu sempre tive energia guardada em algum recôndito do meu ser. Mas agora o estoque está zerado.

Sinceramente, é lamentável.

Eu também não gosto da noite.

Quando as luzes são apagadas e o breu toma conta do quarto, não tenho como evitar me sentir deprimida. A ponto de chorar. Porém, fico exausta quando choro, então tento suportar a escuridão. Escrevo esta carta com uma pequena lanterna acesa. Às vezes sinto vertigens e minha consciência vai e volta. Se continuar assim, logo estarei em outra. Depois, vou virar um cadáver inútil, e vocês, idiotas, vão ficar chorando sem parar.

Todas as manhãs, uma enfermeira ridícula vem abrir as cortinas.

É horrível acordar com a boca seca, com uma dor de cabeça esmagadora, parecendo uma múmia desidratada pela febre. Qualquer descuido e eles logo começam a me aplicar soros e coisas do tipo. É a pior parte.

Mas, ao abrir as cortinas e a janela, a brisa do mar invade o quarto junto com os raios de sol. Com os olhos ainda semicerrados e a claridade incidindo sobre minhas pálpebras, sigo sonhando que passeio com o cachorro.

Minha vida não valeu nada. Se houve algo de bom, essa é a única coisa que ficou em mim.

Seja como for, estou feliz em morrer nesta cidade.

Fique bem.

Tsugumi Y.

Posfácio da autora

No verão, costumo viajar com a família para a costa oeste da península de Izu. Há mais de dez anos frequentamos o mesmo local e nos hospedamos na mesma pousada e, por isso, sinto como se aquele lugar fosse a minha terra natal. No verão, sempre estou por lá passando ociosamente os dias.

Foi com a intenção de registrar esse estado de ócio — o dia a dia em que se sucedem os passeios pela praia, os banhos de mar e o entardecer, com o mar sempre presente — que resolvi escrever este livro. Assim, se por acaso eu ou alguém da minha família vir a perder a memória, basta lê--lo para reavivar aquele sentimento de nostalgia. E devo admitir que Tsugumi sou eu. Do jeito que sou malvada, não há como negar isso.

Eu me diverti muito escrevendo o romance. Sou grata ao pessoal da editora Chuokoronsha, da Marie Claire e, especialmente, ao senhor Ken Yasuhara.

Gostaria de dedicar este livro a duas Yokos: Yoko Kanashima, que foi a inspiração para a personagem Yoko, e Yoko Yamamoto, responsável pelo belíssimo desenho que ilustra a edição japonesa.

Muito obrigada pela leitura.

Banana Yoshimoto

Epílogo desta edição

1. Qual o nome da pousada que a família de Tsugumi administra?
2. Qual a fruta que todos comeram na noite dos fogos de artifício?
3. Qual a profissão do pai de Maria no filme *Tsugumi*?

... Quis imitar o jogo de perguntas e respostas que consta no epílogo da série *Eri, a gênia* (*Tensai Eri-chan*), do rival Ryunosuke Takeshita, mas desisti. Isso porque, certo dia — e isso já faz um bom tempo —, quando alguém me perguntou "Tsugumi é prima de Maria?", eu mesma levei um bom tempo para responder. Sendo assim, se há alguma coisa que merece um pequeno destaque neste romance que não consegui escrever tão bem quanto desejava, eu diria que é a "existência de um verão que não pode mais ser alterada pela autora".

O mar de verdade possui algas viscosas, baratas-da-praia que lembram as domésticas, seres perigosos como as águas-vivas; a água salgada dói quando entra no nariz, e a planta do pé, ao caminhar na praia, sente a superfície áspera. Acho que, para quem viveu a juventude numa cidade do interior, há de existir experiências semelhantes com toques e aromas ainda mais espontâneos. As coisas que não dão certo e que não ocorrem neste romance são como minúsculas partículas que, ao se mesclarem à vida, deixam as pessoas cansadas, e a energia estéril e distorcida dos jovens pode fazê-los considerar até o pôr do sol como algo desagradável.

Mas, mudando de assunto, você se lembra do seu primeiro amor?

Daquela época em que só o fato de caminhar ao lado da pessoa amada era motivo suficiente para crer que o mundo tinha futuro? Daquela límpida energia?

Esta história foi escrita com a visão de mundo, a visão cósmica daquela época. Um cenário singelo, de especial beleza, difícil de reprimir. Quando uma criança ama pela primeira vez, a "natureza" se reflete vividamente em seu orgulhoso coração. As montanhas, o mar, o asfalto por onde se caminha, a silhueta das pessoas que estão ao seu redor.

Tsugumi não poderia mais viver daquele jeito e é no final da história que ela inicia uma nova fase de sua vida, ou seja, ocorre a "morte" da Tsugumi de outrora. Obviamente, o leitor possui a liberdade de interpretar a história do seu jeito, mas a minha intenção era essa. Tsugumi, a partir de então, começará uma nova etapa de sua vida, uma vida que, pela primeira vez, será espontânea.

Isso não tem importância, mas aquele seriado a que as três assistiam assiduamente faz referência a um antigo seriado que passou no canal japonês NHK: *O jovem Orpheu*. Eu também o adorava.

Agradeço as inúmeras cartas e aos meus leitores.

A criação deste romance só foi possível graças aos meus pais, que todos os anos me levavam para passear na costa oeste de Izu. Sou muito grata a eles.

Estendo os meus agradecimentos a Ken Yasuhara, que, além de acompanhar zelosamente todas as etapas até a publicação, também aceitou a incumbência de tecer comentários sobre a obra. Os meus agradecimentos a Yukihiro Watanabe, que teve muito trabalho com a coordenação desta edição.

Muitíssimo obrigada à ilustradora Yoko Yamamoto, que realizou um excelente trabalho, e a Yoko Kanashima, que continua sendo a "Yoko" com que convivo diariamente.

Até breve.

Dia frio de fevereiro.
Voltando para casa, depois de comer uma tigela de lamen no Tamagawa, um restaurante perto de casa.

Banana Yoshimoto

ESTE LIVRO FOI COMPOSTO EM GATINEAU CORPO 10,5 POR 14,6 E IMPRESSO
SOBRE PAPEL OFF-WHITE AVENA 80 g/m² NAS OFICINAS DA MUNDIAL GRÁFICA,
SÃO PAULO – SP, EM MAIO DE 2024